W0266781

Querverlag

Katrin Janitz

Das Blau ihrer Augen

Roman

Lektorat: Melanie Kopp

Erste Auflage März 2005

Umschlag und grafische Realisierung von Sergio Vitale unter Verwendung einer Fotografie von getty images.

Druck und Weiterverarbeitung: Druckhaus Köthen
ISBN 3-89656-114-6
Printed in Germany

Bitte fordern Sie unser Gesamtverzeichnis an:
Querverlag GmbH, Akazienstraße 25, D-10823 Berlin
http://www.querverlag.de

Winter. Draußen schneit es, schon seit Stunden. Ich sitze in der Wartehalle und halte mich an meinem halb leeren Kaffeebecher fest. Warte, noch immer, auf die Ankunft ihres Schiffes.

Robertas Stimme am Telefon, vor einigen Tagen. „Vierzehn Uhr", hat sie gesagt. Meine Armbanduhr zeigt sechzehn Uhr dreißig, mittlerweile. Ich werde warten. Zu lange habe ich bereits um sie gekämpft. Seit dem Sommer unaufhörlich der bittersüße Geschmack auf den Lippen, ihr hellblauer Blick in meinen Gedanken, schlaflos.

Acht Monate ist sie mit dem Forschungsschiff im Norden unterwegs gewesen, acht Monate auf diesem verfluchten Schiff, dessen Namen ich im Schlaf sagen kann. Acht Monate warten auf Roberta. Verrückt. Und wunderschön.

1

Ich heiße Laura. Ich wohne in einer Kleinstadt in Norddeutschland, die so langweilig ist, dass ich den Namen am liebsten vergessen würde. Mein Leben endet an den Wänden meiner Klassenräume. In ein paar Wochen werde ich achtzehn, nächstes Frühjahr mache ich mein Abitur. Wenn alles gut geht.

Zukunft? Ich bin meilenweit davon entfernt. Mal rosarot, mal eintönig grau. Mein Rettungsanker heißt Musik.

Ich spiele Saxophon, seit ich elf Jahre alt bin. Jeden Dienstagnachmittag, seit einiger Zeit auch jeden Donnerstag. Sieben Stationen mit dem Bus zu meiner Lehrerin, sieben zurück. Es lohnt sich, sie hat schon einige ihrer Schüler aufs Konservatorium gebracht. Und genau da will ich hin. Ein Orchester wartet auf mich, irgendwo. Berlin vielleicht, oder gleich ins Ausland, so weit wie möglich weg vom Rosenweg 15.

An miesen Tagen schließe ich mich in meinem Zimmer ein und übe. Und nach einer Weile passiert es: Ich kann alles um mich herum vergessen, alles. Musik statt Leben, gäbe es sie nicht, wäre ich schon längst wahnsinnig geworden.

Meine größte Angst? Dass sie mich auf dem Konservatorium nicht nehmen. Nachts ist sie am schlimmsten, wenn um mich nichts ist als Dunkelheit, meine Gedanken absolut nichts finden können, was sie ablenken könnte.

Hey Laura, was ist, wenn du nicht gut genug bist?

Was dann? Ich habe mir nie Gedanken über eine andere Zukunft gemacht. Solange ich zurückdenken kann, sehe ich mich nur mit Saxophon. Lehrerin oder Grafikerin kam für mich nie in Frage. Träume ohne Netz und doppelten Boden nennt man das wohl. Ganz oder gar nicht. Die Rückfahrkarte habe ich noch nie gewollt.

Ein Freund? Er existiert. Sein Name ist Kay, sein Ziel ist es, Profibasketballer zu werden. Er trainiert wie verrückt, auch am Wochenende. Nichts macht ihn glücklicher als der absolute Endorphinrausch nach dem Spiel. Ich schätze, seine Teamkollegen kennen ihn weitaus besser, als ich es jemals könnte.

Ich spare für ein neues Saxophon, gehe babysitten in der Nachbarschaft, bei den Zwillingen. Drei Jahre sind sie mittlerweile alt, und ihre Haut hat die Farbe von Milchkaffee, nicht so blass und voller Sommersprossen wie meine. Zehn Euro pro Abend, die unangetastet auf mein Sparbuch wandern, da bin ich eisern. Mein Instrument hängt bereits im Musikgeschäft in der Stadt im Fenster, ein glänzendes Tenorsaxophon. Wenige Wochen noch, dann ist es meins.

Meine Großmutter Hannah ist bis jetzt die Einzige, die in meinen Plan eingeweiht ist. Meine Leidenschaft habe ich von ihr geerbt. Sie wollte immer Konzertpianistin werden, als sie jung war, und ihr Talent, das hätte dafür auch gereicht, da bin ich mir ganz sicher. Stattdessen hat sie geheiratet und drei Kinder bekommen. Sich auf den Hausgebrauch beschränkt, auf Weihnachtsfeiern und Hochzeiten. Ihr schöner, schwarzer Flügel steht heute im Lesezimmer der Villa am Stadtrand, in der sie mit neun anderen älteren Damen in einer Art Wohngemeinschaft lebt. Selbstbestimmt, um der späteren Abschiebung ins Heim zu entgehen. Sie haben alle ihren eigenen Kopf, diese Bewohnerinnen, und manchmal streiten sie sich, dass die Fetzen fliegen. Auch das gehört zum Altern dazu, sagt Hannah.

Warum sie ihren Traum nie wahrgemacht hat?

„Ach, Laura, die Zeiten waren damals anders. Vielleicht hatte ich einfach Angst, irgendwann auf der Straße zu stehen."

Und was ist mit mir? Droht mir das Gleiche?

Flucht in eine solide Ausbildung, wie sie sich meine Eltern für mich wünschen? Niemals! Und wenn ich tagsüber schuften müsste, um abends wenigstens spielen zu dürfen. Den Traum vom Saxophon gebe ich nicht auf. Und wenn sie sich auf den Kopf stellen.

2

„Laura? He, Laura!"

Nick sitzt mir gegenüber und rührt in ihrem Milchkaffee, die Stirn ungeduldig in Falten gezogen.

„Was ist los mit dir?"

„Nichts."

Das Licht im *Justin* ist dämmrig wie immer, aus der Anlage kommt Filmmusik, *Chicago*. Der dünne Kellner hinter der Theke träumt von einer Schauspielkarriere, auch wie immer. An drei Schulen hat er erfolglos vorgesprochen; sie haben ihn nicht genommen. Trotzdem lässt er das Träumen nicht. Manchmal gerät er ins Erzählen, wenn er uns den x-ten Milchkaffee des Nachmittags serviert. Er ist blass, weil er jeden Cent zu seinem Schauspiellehrer trägt, anstatt sich etwas davon zu essen zu kaufen. Ich verstehe ihn, doch Nick schüttelt nur den Kopf und gibt ihm viel zu viel Trinkgeld. Sie kann das, ohne sich Gedanken zu machen. Sie lädt mich ein, beinahe jeden Tag. Nick hat Geld.

Seit einem halben Jahr kommen wir hierher. Durch einen Zufall haben wir das Café in einer Seitenstraße entdeckt, nicht weit von unserer Schule: dunkle Holzbänke mit Spiegeln darüber, Kerzen schon am Mittag und immer die Musik.

Ein Hauch von Geborgenheit selbst an grauen Montagen, ein Rettungsanker, wenn wir noch keine Lust auf Zuhause haben. Ich kenne jede Fotografie an den dunkelrot gestrichenen Wänden. Keine Verbote hier.

Meine Mutter zieht meistens stumm die Augenbrauen hoch, wenn ich morgens vor der Schule nur einen Kaffee trinke, schwarz, im Stehen, mit diesem besonderen Ausdruck im Gesicht: *Ich finde es absolut nicht in Ordnung, was du da machst, aber bitte, du bist ja beinahe erwachsen, du musst selber wissen, was für dich gut ist.*

Manchmal denke ich, sie würde mir am liebsten auch das Atmen verbieten. Aber solche Sachen werden bei uns zu Hause nicht ausgesprochen. Höchstens gedacht.

„Irgendwie bist du in letzter Zeit komisch!"

Ich schaue in Nicks dunkelbraune Augen und nicke. Recht hat sie. Ich fühle mich selber komisch, irgendwas mit meinem Bauchgefühl ist seit ein paar Wochen außer Kontrolle geraten.

Nick hat sich die Haare gefärbt. Wenn man sie anschaut, sieht man nur noch Blau, leuchtendes Blau, Blau, das nicht zu ihr gehört, zu ihren Augen, ihrem Gesicht, das ich seit meinem ersten Tag im Kindergarten kenne. Damals hat sie mich vom Karussell geschubst, und ich habe geheult wie eine Sirene und sie dabei nicht aus den Augen gelassen, wie sie sich gedreht hat, immer schneller und schneller, ohne Angst, herunterzufallen.

Nicks Vater ist Direktor der Bank in unserer Siedlung, sie hat ihn seit ihrer Geburt selten zu Gesicht bekommen. Früher, hat sie mir erzählt, glaubte sie, dass er in dem renovierten Glasbau wohnte und nur ganz selten zu Besuch nach Hause käme. Das einzig Gute an seinem Beruf ist: Er hat Geld, eine Menge Geld, und er gibt seiner einzigen Tochter großzügig davon ab, um sein schlechtes Gewissen zu beruhigen. Das ist kein Geheimnis.

Ihrer Mutter gehört die Ballettschule in der Innenstadt. Früher einmal hat sie gehofft, dass sie ihre Tochter zu der Tänzerin machen könnte, die sie selber nicht sein konnte, ihr Talent reichte nämlich nicht weiter als bis zur Lehrerin. Doch als Nick sieben war, hat sie mit voller Wucht eine Colaflasche gegen den großen Spiegel im Ballettsaal geworfen. Sie kann Tanzen nicht leiden, sie hasst die blutleeren Geschöpfe, die von ihrer Mutter mehr Aufmerksamkeit bekommen, als sie sich jemals erhofft hat.

Nick raucht und trinkt, ohne dass es ihr jemand verbietet. Es interessiert niemanden, wenn sie sich die Haare bunt färbt, und sie bringt Gabriel, ihren Freund, der vier Jahre älter ist als sie, mit nach Hause, wann es ihr gefällt.

Sie ist laut und weiß, was sie will, ganz im Gegensatz zu mir, von meiner Musik einmal abgesehen. Neid, manchmal, auf meiner Seite. Auf ihre Freiheit.

Heute zeichnen sich tiefe Schatten unter ihren Augen ab. Doch sie grinst, so dass ich schon aus drei Kilometern Entfernung sicher bin: Sie hat mir etwas Gutes zu erzählen. Wenn es schlechte Neuigkeiten gibt, dann kneift sie die Lippen zu einem ganz feinen Strich zusammen. Ich kenne das. Es passiert jedes Mal, wenn sie wieder eine Klausur verhauen hat, auch wenn sie behauptet, dass ihr das nicht das Geringste ausmache. Weil sie die Schule ohnehin nicht brauche. Nick will Malerin werden, und ich glaube, dass sie es schaffen wird. Sie ist die Beste im Kunstkurs, und sie hat eine Privatlehrerin, natürlich. Ihr Vater spart an nichts, höchstens an der Liebe.

Zu meinem letzten Geburtstag, dem siebzehnten, hat sie mir ein Bild geschenkt, das jetzt über meinem Schreibtisch hängt: eine Mexikanerin mit weiten, bunten Röcken. Manchmal starre ich so lange darauf, bis die Umgebung verschwimmt und ich nichts mehr sehe als rote Erde, schwarze Haarsträhnen und das Sonnenlicht, das sich in fremden

Augen spiegelt. Nick ist letzten Sommer mit ihren Eltern im Urlaub in Mexiko gewesen, und ich will auch dorthin, irgendwann, ganz allein, und schauen, ob ich sie wiederfinde, meine Mexikanerin mit den bunten Röcken.

„Hast du überhaupt gehört, was ich gesagt habe?"

Ich schüttle den Kopf. Eine schöne Freundin bin ich!

„Was ist bloß los mit dir, Laura? Ich rede von den Sommerferien, und du sitzt da und träumst!"

Was mit mir los ist? Keine Ahnung. Ich habe keine Lust mehr auf Reihenhaus- und Heile-Welt-Idylle, auf Schulstunden, die sinnlos an mir vorüberziehen, weil der Typ vorne an der Tafel seine Motivation irgendwo zwischen Uni und Realität verloren hat. Vor allem aber habe ich keine Lust mehr auf Sex mit Kay.

Auf seine dunkelblonden Haarsträhnen, die ihm ständig in die Stirn fallen, wenn er sie nicht gerade unter seinem Baseballcap versteckt, auf seine braunen Augen mit dem Dackelblick, seinen durchtrainierten Körper, der selbst mich mit meinen Einmeterzweiundsiebzig locker um zwei Köpfe überragt.

Seit einem Jahr sind wir zusammen, seitdem wir auf einer Party verkuppelt wurden, von Nick natürlich, die mitgekriegt hatte, dass ich ausnahmsweise zu viel getrunken hatte. Sie kannte Kay aus ihrer Clique, er hatte ihr schon vor längerer Zeit gesteckt, dass er auf mich stand, und sie konnte sich nichts Schöneres vorstellen, als dass wir von nun an alles zu viert unternehmen würden!

Anfangs habe ich mich nicht getraut, ihm zu sagen, dass es sich meinerseits um einen Irrtum handelte. Er wirkte irgendwie glücklich, trotz allem.

Dann jedoch begann ich seltsamerweise, ihn gern zu haben, auf eine andere Art zwar, als ich mir das immer ausgemalt hatte, aber immerhin: Ich hatte ihn gern. Wir konnten uns nie wirklich unterhalten, weil wir einfach zu verschieden waren, aber eine Zeit lang haben wir viel zusammen unternommen und gelacht. Flucht vor den stummen Vorwürfen zu Hause. Nach zwei Monaten haben wir zum ersten Mal miteinander geschlafen, früher war ich einfach nicht bereit dafür. Und Kay hat mich nicht gedrängt.

Seine Eltern haben das Wochenende bei Freunden verbracht, es hat Bindfäden geregnet und war lausig kalt. Ich bin mit dem Fahrrad zu ihm gefahren, und als er mir die Tür geöffnet hat, sind mir die Tropfen von meiner schwarzen Mütze über die Stirn gelaufen, direkt hinein in die Augen. Er hat mich mit diesem besonderen Blick angesehen, so dass ich gleich gewusst habe: Heute passiert es.

Zuerst bin ich unter die heiße Dusche gestiegen, er hat mir einen Tee gemacht, hinterher haben wir uns aufs Sofa gekuschelt und einen Film geschaut, der absolut furchtbar war, auch das weiß ich noch, einen dieser chinesischen Kung-Fu-Filme, die Kay magisch anziehen. Zwei Stunden Kampfkunst pur, ästhetisch zwar, das schon, doch nicht meine Welt. Abdriften in die Langeweile, und da ist es einfach passiert. Und war vorbei, ehe es richtig begonnen hatte. Abends bin ich nach Hause gefahren mit diesem erwachsenen Gefühl im Bauch und habe gedacht, jeder müsste es mir sofort ansehen. Klingt kitschig, aber genau so war es. Bemerkt hat es allerdings keiner, außer Nick. Aber die kennt mich sowieso besser als jeder andere.

Seit einiger Zeit habe ich jedoch das Gefühl, dass Kay und ich auf verschiedenen Planeten leben. Wenn wir doch miteinander schlafen, haben wir es beide eilig, sobald es vorbei ist: weggehen, loskommen, bloß nicht miteinander reden. Worüber auch? Über meine Musik? Kein Interesse, sagt er. Über sein geliebtes Basketball? Geschenkt.

Wenn meine Eltern wüssten, dass wir miteinander ins Bett gehen, würde es Zoff geben. Mit siebzehn?

„Viel zu jung!" meint meine Mutter.

„Kerle wollen alle nur das Eine!" behauptet mein Vater. Der muss es wissen, er hat schließlich einen unehelichen Sohn aus der Zeit vor uns, der in Berlin lebt! Ich habe meinen Bruder nie kennen gelernt. Doch das Gefühl, dass meine Eltern etwas nachholen wollen, ein Übermaß an Spießigkeit, um die Vergangenheit zu überdecken, das musste ich ausbaden, jahrelang.

Dabei passe ich auf. Ich nehme die Pille, von Anfang an schon, auch wenn es mir manchmal davon hundsmiserabel geht. Egal, Hauptsache, ich habe kein Baby in mir, von Kay. Ich will überhaupt nichts in mir, von niemandem. Egoistisch? Ich will schließlich Musikerin werden.

Nick dagegen geht auf volles Risiko mit Gabriel. Sie behauptet, sie vertrage die Pille nicht, und hat sie im Bach hinter der Schule entsorgt, mit mir zusammen, nach einer Party bei Kay. Wir waren ziemlich betrunken und haben feierlich zugesehen, wie die weiße Packung eine Weile auf der Oberfläche trieb, ehe sie versank. Manchmal nehmen sie Kondome, behauptet Nick, wenn sie dran denken. Total bescheuert, denke ich. Aber wen interessiert's? Helfen würde ich ihr trotzdem. Wenn es dann doch passieren sollte.

Nick holt tief Luft.

„Also, noch mal von vorne."

Sie dehnt das „Also", als ob ich langsam im Begreifen wäre.

„Mein Vater hat mir gestern fünfhundert Euro in die Hand gedrückt, als kleine Anzahlung für unseren Urlaub!"

Sie lehnt sich zurück und sieht mich genüsslich an. Ich sage erst einmal gar nichts. Flüchtig taucht das Saxophon in meinen Gedanken auf, für das ich seit Monaten spare. Weit über tausend Euro kostet es. Mit meinen fünfzig Euro Taschengeld im Monat und dem, was ich durch Babysitten verdiene, eine ziemlich harte Nuss.

Ungeduldig, weil meine begeisterte Reaktion ausbleibt, redet Nick weiter auf mich ein.

„Mama und er fliegen an die Algarve. Gestern kam er zu mir und hat mir den Umschlag in die Hand gedrückt. ‚Damit du nicht so einsam bist', und von wegen, dass ich eine Freundin mitnehmen darf."

Ich zucke mit den Schultern, ratlos. Das Haus der Martens ist eine fremde Welt für mich, an die ich mich einfach nicht gewöhnen kann. Sie haben eine Haushälterin, die einem Essen kocht, zu jeder Tageszeit.

Ich mache mir mittags, wenn ich aus der Schule komme, warm, was meine Mutter vorbereitet hat, seit Jahren. Ich komme mir dabei vor wie ein Baby. Aber das bisschen Geld, das ich von den Raten für mein Traum-Saxophon abzweige, für Pommes oder Pizza in der Stadt ausgeben? Kommt nicht in Frage. Außerdem bin ich Vegetarierin. Mir dreht sich der Magen um, wenn ich die Burger sehe, die sich die Leute genüsslich reinschieben.

Das mit der Vegetarierin hat meine Mutter übrigens immer noch nicht ganz kapiert. Ständig versucht sie, mir Frikadellen oder Schinken auf den Teller zu schieben. „Laura, du kannst es doch brauchen!"

Manchmal schaffe ich es trotzdem, dass ich mir so gefalle, wie ich bin. Keine Chance für die, die mir einreden wollen, dass ich zu dünn bin.

Und dann gibt es sie doch wieder, die Tage, an denen ich mich selbst nicht leiden kann, an denen mein Körper zu lang, zu mager, zu sperrig ist, seinen eigenen Willen hat. Da hilft nur das Alleinsein hinter verschlossenen Türen, Rückzug in die Musik, stundenlang. Keine Chance für Selbstmitleid und Weltuntergangsstimmung, für die Tatsache, dass meine Brüste zu klein und meine Haare zu widerspenstig sind.

„Und nun rate, wen ich mitnehme!"

Nicks Augen glänzen. Ich hebe die Hand und zeige fragend mit dem Daumen auf mich. Sie strahlt.

„Und stell dir vor, ich weiß auch schon, wo wir hinfahren!"

Dachte ich mir doch schon, dass an der Sache ein Haken ist. Nick hat eine Vorliebe für ausgeflippte Ziele. Letztes Jahr ist sie über Weihnachten nach Tasmanien geflogen, während ihre Eltern zum Skifahren in der Schweiz weilten. Und ich werde mal wieder nicht gefragt. Seufzend erwarte ich mein Schicksal für den Sommer.

„Ich habe im Internet ein Ferienhaus in der Mitte von Schweden entdeckt, in Dalarna, direkt am Siljansee gelegen, ganz aus Holz, mit Garten und allem Drum und Dran."

Ich sehe sie erstaunt an und finde schon zum zweiten Mal heute, dass Blau ihr Gesicht härter macht, trotz des Glanzes in ihren Augen. Ein Haus in Schweden? Das klingt verdammt bodenständig. Und gut.

Ich wollte schon immer nach Skandinavien, aber meine Eltern haben auf Österreich bestanden, jedes Jahr. Seit drei Sommern streike ich. Ich freue mich beinahe auf den Tag, wenn sie ihre Koffer ins Auto wuchten und mich für Wochen allein lassen mit mir und der Stille, die nicht lange eine bleibt, weil das Saxophon schon nach kürzester Zeit wichtiger wird als der nahe Badesee oder die Eisdiele. Doch dieses Jahr wollen sie mir einen Strich durch die Rechnung machen. Keine Österreichfahrt, keine kurze Sommerfreiheit, stattdessen wochenlang Familie pur. Sie wollen tatsächlich zu Hause bleiben und endlich das Gartenhaus bauen, das sie sich in den Kopf gesetzt haben!

„Klingt prima!"

Nick ist zufrieden mit mir.

„Ja, nicht? Und Gabriel und Kay nehmen wir natürlich mit. Gabriel hat sich doch erst neulich diese verrostete Ente zugelegt, da kriegen wir bestimmt unser Gepäck unter."

Das Kartenhaus stürzt zusammen. Wie blöd von mir, zu glauben, dass sie einfach nur mit mir in die Ferien fahren will. Die Zeiten sind endgültig vorbei. Laura dient nur als Alibi für drei Wochen trautes Zusammensein mit Gabriel, dem neuen Superhelden in Nicks Leben.

Ich käme damit klar, mit der Aussicht auf Wasser in der Nähe und ungestörtes Saxophonspiel. Aber drei Wochen Kay nonstop?

„Ich werde meine Eltern fragen", sage ich vorsichtig.

Nick schüttelt den Kopf, als hätte ich den Verstand verloren.

„Bist du verrückt? Du sagst ihnen nichts davon, dass die beiden mitkommen! Wir fahren allein mit dem Bus nach Schweden, das habe ich meinen auch aufgetischt!"

Es gibt einen Rettungsanker, einen allerletzten: Meine Eltern werden es mir nicht erlauben, ohne sie ins Ausland zu fahren. Normalerweise geht es mir einfach nur auf den Wecker, dass sie mir nicht vertrauen. Im Moment bin ich beinahe froh darüber.

Etwas scheint mit ihnen passiert zu sein in den letzten Tagen, eine mysteriöse Gehirnwäsche. Wie ist es sonst zu erklären, dass ihre Gesichter erfreut dreinblicken, als ich ihnen am Abend die Neuigkeit beichte?

Mit allem habe ich gerechnet; mit vorwurfsvollem Schweigen, Kopfschütteln, bedeutungsschwangeren Blicken, sogar ein „Liebes, bist du dafür nicht noch viel zu jung?" wäre drin gewesen. Aber dass sie die Nachricht, dass ihre einzige Tochter zum ersten Mal allein in die Ferien fahren will, so gelassen hinnehmen?

„Wie schön für dich! Wir haben uns schon Sorgen gemacht, dass du dich den Sommer über langweilen wirst. Wo Papa und ich doch dieses Jahr hier bleiben, wegen des Pavillons."

Beinahe könnte man eifersüchtig werden. Das Gartenhaus, von ihnen albernerweise „Pavillon" genannt, zieht seit dem Frühjahr ihre gesamte Aufmerksamkeit und Energie auf sich, vor allem aber das bisschen Geld, das vom Gehalt meines Vaters übrig bleibt. Er arbeitet als Lehrer für Mathematik und Biologie an einer Hauptschule und hegt eine kindliche Begeisterung für präparierte Insekten und Experimente, die seine Schüler zu Tode langweilen.

Oft sitzt er in der Küche, wenn ich mittags nach Hause komme, weil er das Auto nimmt und ich mit dem Fahrrad vom Gymnasium in unsere Siedlung fahren muss.

Er wartet auf mich, damit ich das Essen warm mache, wartet darauf, dass meine Mutter von ihrer Arbeit im Blumengeschäft zurückkehrt. Er wirkt immer ein bisschen wie auf dem Wartegleis, wenn sie nicht da ist.

Manchmal ertrage ich seine stumme Ergebenheit nicht. Ich nehme mir dann ein Glas aus der Spüle und stelle das kalte Wasser an, sehe zu, wie es überläuft, über meine Hand, meinen Arm. Wenn ich mich ganz auf die Kälte konzentriere, lässt das Gefühl nach, und ich kann wieder mit ihm sprechen, ohne ihn anzuschreien.

„Hallo, Laura. Wie war die Schule?" fragt er jedes Mal.

„Okay. Und bei dir?" antworte ich dann wie eine Maschine. Die gute alte Laura, sie funktioniert noch immer wie auf Knopfdruck.

„Na ja, ich … ich weiß nicht. Einfach na ja."

Ich gehe nicht darauf ein, das gehört zum Spiel. Er hat keine Ahnung, warum ihm seine Schüler nicht zuhören, und ich weigere mich, es ihm zu erklären. Schließlich hat er Pädagogik studiert, da sollte man doch meinen, dass er weiß, was er tut, nicht wahr?

„Mama hat gestern Lasagne vorbereitet. Setzt du dich zu mir?"

Manchmal schaffe ich es, manchmal eben nicht. Keine Ahnung, wann wir zum letzten Mal wirklich miteinander geredet haben. Es muss irgendwann in meiner frühen Kindheit gewesen sein, ich kann mich nicht daran erinnern.

„Danke, ich habe schon gegessen", lüge ich und flüchte die Treppe hinauf in mein Zimmer, verriegele die Tür. Und dabei soll jemand zunehmen! Ich fühle mich schäbig, weil mein eigener Vater mir Leid tut. Aber ich kann es nicht ändern.

Sie haben mir den Urlaub in Schweden nicht verboten. Im Gegenteil: Meine Mutter folgt mir später an diesem Abend in die Küche und drückt mir einen Geldschein in die Hand. Dabei hat sie diesen verschämten Ausdruck im Gesicht, der erkennen lässt, dass wir solchen Gesten eigentlich schon längst entwachsen sind.

Ich überrage sie beinahe um einen Kopf. Der Impuls, sie zu umarmen und zu beschützen, ist heute stärker als sonst. „Danke", sage ich heiser und schäme mich, weil ich sie angelogen habe.

Am folgenden Nachmittag mache ich mich auf den Weg zu der alten Villa am Stadtrand, inmitten eines verwilderten Parks. Meine Großmutter Hannah erwartet mich an der Tür. In dem sonnendurchfluteten Raum, in dem sich ihr Flügel befindet, steht bereits die blaue Teekanne, tröstlich. Aus dem Zimmer nebenan dringt Tango-Musik, Romina, eine Malerin aus Argentinien, hört ihre alten Platten, wie so oft.

Als ich Hannah von der geplanten Reise erzähle, blitzen ihre Augen.

„Nutze es aus, wenn die beiden mit ihren eigenen Plänen beschäftigt sind, Laura!"

Sie zwinkert mir zu. Ich kenne ihre Meinung über das Gartenhäuschen, wir sind uns einig.

Eine Sekunde zögere ich, dann sage ich es doch:

„Und was, wenn ich nach ein paar Tagen keine Lust mehr auf Kay habe?"

Absolute Ehrlichkeit, das geht nur hier, mit ihr, genauso wie Schweigen, ohne sich dabei unwohl zu fühlen.

„Dann gehst du ihm einfach aus dem Weg. Schweden ist schließlich groß genug für euch beide, oder?"

Ich weiß bereits jetzt, dass ich sie vermissen werde in den kommenden Wochen.

3

Regen, nichts als Regen. Er trommelt aufs Dach, rinnt die Wagenscheiben hinab, fließt vor uns, neben uns, hinter uns. Und ich stecke mitten drin. Das soll der Beginn unserer Sommerferien sein?

Mit zusammengebissenen Zähnen starrt Gabriel seit Stunden schon auf die Straße. Ich betrachte seinen Nacken und das hellbraune, kurzgeschnittene Haar darüber, den Wirbel auf seinem Hinterkopf, dann schaue ich wieder hinaus, durch das Netz aus Tropfen, hinter dem eine graue, einheitliche Landschaft vorüberzieht. Schweden? Das habe ich mir anders vorgestellt.

Während ich zu Hause meinen Rucksack gepackt habe, hatte ich Träume von einem roten Holzhaus am Ufer eines Sees. Dabei weiß ich selber nicht, warum es ausgerechnet rot sein muss. Ein Postkartenmotiv aus meiner Kindheit, das mich nicht mehr loslässt. Von Bäumen umgeben, mit einem langen Steg und Schilf, das am Ufer wächst, und Booten, von denen die Farbe abblättert, im nassen Sand. Mücken und rotkarierte Bettwäsche und Fisch zum Mittagessen und lauter so blödes Zeug geisterte mir durch den Kopf. Alles Mögliche, bloß kein Regen!

Kay hat sich neben mir in seine CD versenkt, die er über Kopfhörer hört. Er hat uns ausgeschlossen, nur seine linke Fußspitze wippt und zeigt an, dass er noch unter uns weilt. Ich betrachte sein Profil vor dem verhangenen Fenster, seine langen Wimpern und die schmalen Lippen. Ohne dass er es bemerkt, denke darüber nach, in was ich mich verliebt habe, damals, vor beinahe einem Jahr. Es will mir nicht einfallen. Mein Freund, ein Fremder.

Drei endlos lange Wochen mit seiner permanenten Anwesenheit? Panik sammelt sich erneut in meinem Magen, hässliche, durch nichts auszurottende Panik, selbst Hannahs Worte helfen da nicht mehr. Vielleicht sollte ich froh sein über das Wetter. Es passt zumindest zu meiner Stimmung!

Gabriel versucht, ein Gespräch mit Nick und mir anzufangen, das nach kurzer Zeit wieder von dem alles überdeckenden Grau verschluckt wird. Grau vor dem Fenster, Grau in unseren Köpfen. Nick schmollt, weil sie eigentlich viel lieber mit ihm allein wäre.

Zu spät für Wünsche.

Ich weiß nicht, ob ich Gabriel hasse oder mag. Er ist schön, beinahe zu schön. Seine grünen Augen sind unwiderstehlich, doch er setzt sie kalkuliert ein, und das nimmt ihnen den Zauber. Neben Kay wirkt er verdammt erwachsen. Was vier Jahre und ein begonnenes Jura-Studium alles ausmachen können! Gabriel sagt, er hat immer schon davon geträumt, Anwalt zu werden. Ich glaube ihm nicht. Gibt es Kinder mit solchen Träumen?

Für mich gab es immer nur die Musik.

Gestern habe ich mich von meinem zukünftigen Saxophon verabschiedet. Dreiundzwanzig Minuten hin mit dem Fahrrad, dreiundzwanzig zurück, für einen einzigen Blick in das Schaufenster des Musikgeschäftes. Bald ist es meins. Gehört meinen Fingerspitzen, meinem Atem, meinen Ideen. Einige Wochen babysitten bei den Zwillingen trennen mich noch davon.

Mein altes Instrument liegt im Kofferraum, sicher verpackt neben all den Rucksäcken und Taschen. Ich habe es nicht geschafft, es zu Hause zu lassen, auch wenn ich mir im Moment nicht vorstellen kann, zu spielen, wenn Kay auch nur in der Nähe ist. Musik ist für mich etwas Intimes, das ich mit ihm nicht teilen will oder kann. Nicht, dass es mich stören würde, wenn er in einem Konzert säße, was ihm ohnehin nie in den Sinn käme. Dann wäre er nichts weiter als ein Gesicht in einem Meer aus anderen erwartungsvollen Gesichtern, die ich nicht sehe, weil ich mich ganz aufs Spielen konzentriere. Aber für einen einzelnen Menschen zu spielen? Das schafft so viel Nähe wie Küssen, beinahe körperliche Nähe.

Und zurzeit gibt es niemanden, mit dem ich das teilen will. Nicht mal mit Nick, obwohl sie meine beste Freundin ist. Auch sie ist Lichtjahre entfernt, ganz auf Gabriel konzentriert, während ich mich immer weiter von Kay entferne.

Tropfen rinnen am Fenster hinunter, direkt neben meiner Wange, ohne Unterlass. Während er von einer Karriere in der NBA, der amerikanischen Basketballliga, träumt, Gabriel über die Straße schimpft und Nick schmollt, weil ihr die Aufmerksamkeit fehlt, werden sie zu Tönen in meinem Kopf. Melodien aus Regentropfen, stumm und unhörbar. Meine.

Das gleiche Gefühl wie so oft in der Schule: alles ausschließen wollen, bis auf das Sonnenlicht, das über die Heftseite wandert. Dann das Blut in meinen Ohren, rauschend. Und dann die Musik. Sehnsucht nach der Einsamkeit.

Ich habe das schon immer gekonnt, seitdem ich in die Schule gekommen bin: mir die Zeit zu nehmen, die ich brauche, um meine Umgebung zu vergessen. „Laura ist zu still" war der Standardsatz in meinen Zeugnissen, „Laura träumt, ist nicht bei der Sache". Was wissen die denn schon? Nichts von mir jedenfalls, nichts von Laura und ihren wahren Träumen.

Ich kann geradewegs eklig werden, wenn das Telefon klingelt, während ich übe. Nick weiß das. Trotzdem ist sie manchmal beleidigt.

„Du und deine Musik!"

Der Fernseher im Hintergrund ihres Zimmers für den kleinen Rausch.

„Nicht böse sein, Nick, okay?"

Mit den Gedanken schon wieder in meinem Zimmer, bei meinem Saxophon, das für mich wie eine Sucht ist. Mehr und mehr, und nie genug, bis die Noten vor meinen Augen verschwimmen und das Abendessen wieder einmal vergessen worden ist. Aus genau diesem Grund kann ich es nicht mehr erwarten, meine eigene Wohnung zu haben. Keine Kontrolle, keine Vorwürfe, nur meine Sucht und ich.

Und Töne, bis ich angekommen bin, irgendwo. Noch kenne ich das Ziel nicht. Aber ich weiß, es ist da.

Zuerst einmal das Konservatorium, nächstes Jahr. Ich will alles lernen, die ganze verstaubte Klassik, nicht bloß Jazz und Blues, obwohl das natürlich das Beste ist. Ich bin furchtbar ehrgeizig, schätze ich, und meine Großmutter bestärkt mich darin. Ob sie in mir eine letzte Chance sieht, ihren eigenen Traum von der Musikerin doch noch zu verwirklichen? Keine Ahnung, ausnahmsweise. Sie schweigt sich aus über die Zeit damals, darüber, was sie gefühlt hat, als sie der Konzertbühne endgültig den Rücken gekehrt hat.

Im Traum sehe ich das rote Holzhaus am Ufer, tief unter mir, doch ich halte nicht an, sondern steige höher und fliege darüber hinweg und immer weiter.

„Laura, he, Laura!"

Nick knufft mich energisch in die Seite und weckt mich unsanft auf. Die Ente steht, immer noch umgeben von Regenschleiern, vor einem Holzhaus. Tatsächlich ist es rot mit weißen Fensterläden, davor eine Veranda aus Holz, die in den verwilderten Garten hinunterführt. Tropfen fallen von den Bäumen, Sträucher wuchern durcheinander, das Gras reicht mir fast bis an die Knie. Ein Ort zum Wohlfühlen, ganz entgegen meinen Erwartungen. Und drei Wochen Zeit, um ihn zu erkunden. In der Ferne der Siljansee, grau und riesengroß, auf einer Halbinsel sind die Umrisse von Tällberg, dem nächsten Dorf, zu erkennen.

Zwei Tage später regnet es noch immer.

Regen am Morgen, Regen am Mittag, Regen am Abend. Tropfen auf dem Dach, die ganze Nacht hindurch. Schlaflose Melodie, mal stärker, mal schwächer. Endlos.

Neben mir jede Nacht Kays tiefe regelmäßige Atemzüge, sein Gesicht im Dämmerlicht hinter den dunkelblauen Vorhängen nicht mehr als ein Schatten. In Gedanken berühren meine Fingerspitzen seine Stirn, seine Lippen, seine Wangen, fragend. Nein, ich mache keine Realität mehr daraus. Zu spät für rosafarbene Kay-Träume.

Meine Liebe hat sich längst verabschiedet in dem Jahr zwischen gestern und morgen, da ist nichts als eine Erinnerung an ein zärtliches Gefühl.

Ich sollte aufhören, mit ihm zu schlafen. Kein kurzer Versuch mehr, den Himmel zu fangen, keine unsanfte Landung nach wenigen Minuten. Aus. Vorbei.

Leise stehe ich auf und schließe die Zimmertür hinter mir, um ihm nicht seinen Schlaf zu nehmen. Selbst der geht mich nichts mehr an.

Jeans und ein T-Shirt, Turnschuhe an die nackten Füße. Tatsächlich, es ist warm, trotz des Regens. Kein kühles Erwachen, keine Gänsehaut, als ich durch den Garten gehe. Stattdessen warme Feuchtigkeit, die durch den Stoff dringt, bis auf meine Haut. Dunkelrote Strähnen auf meinen Schultern, und niemand, der es sieht, niemand, für den es bestimmt ist, außer für mich.

Der Regen wäscht den Staub des vergangenen Jahres von mir ab. Und dann Leichtigkeit und Lachen, mein eigenes. Ich streife die Schuhe von den Füßen und gehe barfuß durch das Gras, ertaste die Halme mit den Zehen. Sie werden höher und höher, je mehr ich mich der Gartenpforte nähere, gehen über in eine Wiese, lecken probeweise an meinen Knöcheln, schmiegen sich in meine Kniekehlen.

Vor mir schlängelt sich ein Pfad bis zum Ufer des Sees. Meine Füße finden den Weg allein, in meinem Kopf Gedanken an das Morgen, irgendwo dort draußen, und meine Vergangenheit, die in dem roten Haus nichts ahnend schläft. Ich lasse mich nicht mehr verbiegen. Nur die Musik und ich, wenn es sein muss, alles ist besser als Einsamkeit mit Kay.

Das Gras noch höher jetzt, an dem Ufer, das langsam näher kommt, steht eine Baumgruppe, dahinter das dunkelblaue Wasser. Endlich: der See. Nur seinetwegen sind wir hier. Ein Foto vom Strand im Internet, Nicks Finger darauf: „Das ist es." Einfach so, ohne zu überlegen. Und ich war einverstanden, natürlich.

Sie zahlt die Miete von dem Taschengeld ihres Vaters, viel zu hoch, Schweigegeld für erkaufte Zweisamkeit für ihn und ihre Mutter an der Algarve. Gabriel, Kay und ich steuern das Benzin und die Einkäufe bei. So war es zumindest geplant. Nick hat allerdings schon am ersten Abend beinahe den ganzen Kühlschrank mit Sektflaschen gefüllt, so dass kaum noch Platz für Essen bleibt, ein paar einsame Tiefkühlpizzen und Joghurt sind zurzeit das Einzige, das wir vorweisen können. Alkohol im Blut und traute Zweisamkeit mit ihrem Freund? Nicht mit mir.

Stattdessen: Nachtluft auf meiner Haut, trunken nur vom Regen.

Ab und zu genehmigen meine Mutter und ich uns daheim ein Glas Wein auf unserer Veranda, das ja. Besondere Abende, weich und voller Gelächter. Am nächsten Morgen erst der Absturz in die Realität. Meine Worte in der Dämmerung, in der ich ihr Gesicht nur schwer erkennen kann:

„Liebst du ihn eigentlich?"

„Wen?"

„Na, wen schon? Papa natürlich."

Ihr Blick, direkt, ihre Züge zärtlich auf einmal.

„Ja, das tue ich, immer noch."

Unerwartet? Vielleicht. Zu viel Schweigen war da in den letzten Jahren, zu viele stumme Morgen, hinter der Sonntagszeitung verschanzt. Ich kann mich nicht erinnern, dass in unserem Haus jemals richtig gestritten wurde. Manchmal habe ich mich danach gesehnt in den vergangenen Jahren, wenn ich die vorwurfsvolle Stille nicht mehr ertragen konnte.

„Warum?"

Verwunderung in ihren Augen.

„Das ist nicht die richtige Frage, Laura. Liebe gibt es, oder aber es gibt sie eben nicht. So ist das nun mal."

Sie spukt durch meinen Kopf, ihre Antwort, dabei das nasse Gras unter meinen Füßen. So ist das nun mal?

Und was, wenn nichts mehr so ist, wie es war?

Zielstrebig steuere ich das Ufer an, ich habe endgültig genug vom Warten. Kein blaugrüner Spiegel in der Ferne, sondern die Zehen hineingesteckt. Kieselsteine pressen sich in meine Sohlen, schmerzhaft. Endlich.

Oben nass und unten nass, ein seltsames Gefühl. Tropfen in meinem Haar, Wellen in meinen Kniekehlen, die hochgekrempelten Jeans kleben längst an mir wie eine zweite Haut.

„*Hej!*"

Die Stimme aus dem Nirgendwo in einer fremden Sprache, Schwedisch, vermute ich. Es muss Schwedisch sein. Was sonst kann man hier erwarten? Klingt schön. Melodisch, weich. Niemand ist zu sehen. Nur die Regentropfen, die auf der Oberfläche zerspringen.

„Hallo?"

Niemand antwortet. Ich versuche es erneut, diesmal auf Englisch. Da springt ein langes Etwas von einem Baum dicht am Ufer und hält mir schwungvoll die Hand hin.

„Hi! Ich bin Roberta. Das hier ist mein Strand. Ist selten, dass sich jemand hierher verirrt."

Sie grinst. Wie lange hat sie bereits dort gesessen? Achtzehn oder neunzehn ist sie, schätze ich, vielleicht auch schon ein Jahr älter. Ob ihr Haar tatsächlich schwarz ist oder ob der Regen es lediglich dunkel gefärbt hat, kann ich nicht feststellen. Nasse Klamotten, so wie ich, Tropfen auf ihren Wangen, ihren nackten Armen, ihre Augen nachtblau.

Ihr Name gefällt mir, obwohl er altmodisch klingt. Stumm wiederhole ich ihn: Roberta.

Sie ist ein gutes Stück größer als ich und so dünn, dass es beinahe wehtut. Auf ihrem Shirt prangt ein verwaschener Wal neben einer Aufschrift, die ich nicht übersetzen kann.

„Wie heißt du?" unterbricht sie meine Gedankengänge, ihr Englisch anders als alles, was ich von dieser Sprache bis jetzt gelernt habe. Dabei berühren ihre Finger für eine Sekunde meine Hand wie ein Flügelschlag.

Sie legt etwas hinein, schließt meine Faust. Warm und weich, abstoßend und lebendig zugleich. Noch wage ich nicht, hineinzusehen, bekämpfe meine Neugierde, starre auf meine geschlossenen Finger.

„Laura."

Als ich aufsehe, ist Roberta verschwunden.

Erst zu Hause öffne ich meine Hand und betrachte sie. Meine Finger sind rot. Im ersten Moment halte ich es für Blut, das mir den Daumen hinunterrinnt, dann erkenne ich das Dutzend winziger Erdbeeren, deren Saft bis auf den Boden tropft.

Sie schmecken himmlisch, süß und viel aromatischer als die, die meine Mutter manchmal zu Hause auf dem Markt kauft. Viel zu schnell sind sie verschwunden, doch das Bild von Roberta, die vor mir steht, das bleibt, selbst als ich mich auf das Sofa kuschele. Ich nehme es mit hinüber in meinen Traum, und als ich am nächsten Morgen erwache, haben sich die Erdbeeren in meinem Bauch in einen großen Klumpen Sehnsucht verwandelt.

4

Beim Frühstück schweigt Kay sich aus. Er ignoriert mich, vermutlich weil er beim Aufwachen bemerkt hat, dass ich nicht neben ihm liege. Ich frage mich, warum er nicht einfach zu mir kommt und fragt: „He, Laura, was war los? Warum hast du auf der Couch geschlafen?" So etwa könnte das aussehen. Aber ich bin nicht Kay, und er steckt nicht drin in meinem Bauch, und wer weiß, vielleicht verlange ich auch zu viel.

Dafür streckt die Sonne zum ersten Mal den Kopf zwischen den Wolken hervor, und draußen ist alles blitzsauber und tropft. Das ganze Land scheint plötzlich aus Grün und Himmelblau zu bestehen, und da fällt sie mir wieder ein: Roberta.

Nick schaut mir zu, wie ich die Treppe in den Garten hinunterspringe und durch das nasse Gras laufe. Sie zeigt mir einen Vogel und grinst dabei. Ich grinse zurück und fühle mich auf einmal ganz unverschämt glücklich, trotz des Schweigens von Kay, das ich am Küchentisch zurückgelassen habe.

Selbst Gabriel lacht und hebt Nick hoch, und sie schlingt die Arme um seinen Hals und küsst ihn. Ich freue mich für sie, wirklich, dabei weiß ich im selben Moment, dass es zwischen mir und Kay aus ist, vorbei, endgültig. Der Schmerz zieht in der Brust, hat aber keine Chance gegen das Ferienmorgen-Glücksgefühl. Und schon gar nicht mit den Erdbeeren im Bauch. Meinem Geheimnis.

Ich gehe hinein und schnappe mir mein altes Saxophon, das bis jetzt unbeachtet neben dem Bett stand. So lange es regnete, habe ich es dorthin verbannt, zu dicht haben wir aufeinander gehockt. Doch jetzt, draußen, ist es etwas ganz anderes, mit dem freien Himmel über mir gibt es kein Halten mehr. Ich schere mich nicht um vorgegebene Noten, spiele einfach drauflos, wie es mir in den Sinn kommt, gebe meiner Euphorie den Raum, den sie heute benötigt. Denke an die vergangene Nacht, das Blau ihrer Augen ... Roberta.

Am Nachmittag haben die Sonne und der Wind die letzten Spuren des Regens getrocknet, und wir beschließen, schwimmen zu gehen. Niemand weiß von meinem nächtlichen Ausflug, davon, dass ich meine Zehen bereits in das Wasser des Sees getaucht habe. Die Erinnerung gehört mir ganz allein.

Gabriel geht mit Kay einige Schritte vor uns, in ein Gespräch über Basketball versunken. Nick neben mir schleppt den Picknickkorb, eisern, den Henkel gibt sie nicht her, drinnen die unvermeidliche Sektflasche. Das Letzte, was ich jetzt brauche. Mein Magen fährt Achterbahn, seit Stunden schon. Meine Gedanken spielen ein neues Spiel: Ist sie da? Warum kann ich sie nicht einfach vergessen? Zwecklos, die Erdbeeren in meinem Bauch lassen mir keine Ruhe. Zaubern blaue Roberta-Augen in meinen Tag.

Nick stößt mich neugierig in die Seite, aber es gibt keine Erklärungen meines Schweigens für sie heute. Gabriel rettet mich, indem er sich mit wildem Geheul ins Wasser stürzt. Nach wenigen Sekunden ist er wieder da, zitternd und sich das nächstbeste Handtuch schnappend.

„Scheiße, ist das kalt!"

Nick lacht ihn aus, wenig später landet sie ebenfalls im Wasser, unfreiwillig. Ich kapituliere und gehe von selbst hinein. Betäubung, eiskalt, vertraut.

Außer uns ist kein Mensch am Strand, keine schmalen Schultern, verborgen unter ausgewaschenen T-Shirts, keine nachtschwarzen Haarsträhnen, kein Lächeln von ihr. Stattdessen plötzlich Leere in mir.

Ich lasse mich treiben auf dem Rücken, versinke in dem Blau über mir. Ganz plötzlich bemerke ich die Tränen, die mir über die Wangen laufen. Zornig wasche ich mein Gesicht im See, dann drehe ich mich um und schwimme zurück, so schnell, dass meine Armmuskeln schmerzen. Doch ich kraule weiter, mit zusammengebissenen Zähnen. Als könnte ich so die Enttäuschung aus meinem Körper vertreiben.

Als ich schwer atmend auf dem Sand stehe, ist die Verwirrung komplett, denn ich heule sonst nicht oft, eigentlich nie. Ich ärgere mich über mich selber, und in diesem Augenblick entdecke ich es: In der Bucht direkt neben unserer stehen zwei Wohnwagen. Keine gewöhnlichen, sondern silberne, amerikanische. Später. Diese Entdeckung gehört mir allein.

Kay ist mir fremder als je zuvor, der Sekt im Glas gehört nicht zu mir, so wie eigentlich alles hier, auf einmal. Drei Wochen scheinen wie eine Ewigkeit – wäre da nicht die Erinnerung an ihren Mund.

Am Abend Treffen vor dem Videorekorder, Nick hat ihre gesamte Filmsammlung angeschleppt. Niemand außer mir scheint mehr Lust auf Draußen zu haben. Frische Luft ersetzt durch Traumwelten?

Während Bruce Willis sich in *12 Monkeys* mit seinen Gegnern herumprügelt, legt Gabriel seinen Arm um Nick. Sie lehnt ihren Kopf an seine Schulter, lässt los. Ich spüre einen feinen Stich in der Magengegend, eine seltsame Mischung aus Eifersucht, Neid und Abwehr. Kay hockt auf der vordersten Kante des Sofas und dreht sein Baseballcap zwischen den Händen, ohne Unterlass, eine Stunde lang, und ich frage mich, wann ich ausflippe und ihn anschreie, ihm wehtue, weil ich mir selber nicht mehr zu helfen weiß.

Seine dunkelblonden Haare, nach dem Bad im See an der Luft getrocknet, stehen ihm in alle Richtungen vom Kopf ab, ein ungewohnter Anblick, da er sich sonst unter seiner Mütze versteckt. Ich betrachte ihn verstohlen von der Seite, frage mich, wie viel ich eigentlich von ihm weiß. Wie viel Fremdheit haben wir durch ein ganzes Jahr getragen?

Schließlich nimmt er vorsichtig meine Hand. Nick lächelt mir zu, und er massiert meine Finger, einen nach dem anderen. Ich versuche, mich von ihnen loszusagen, Abstand zu gewinnen. Meine Hand ist nicht mehr meine, solange er sie hält. Es gelingt mir nur eine Weile, dann springe ich auf, murmele entschuldigend etwas von „Hunger" und verlasse fluchtartig das Wohnzimmer.

In der Küche ist es dunkel und still. Nur die alte Wanduhr tickt monoton vor sich hin, unbeeindruckt. Warum kann ich nicht einfach so verliebt sein wie Nick? Kay und damit gut, mich an seinen großen, schlanken Körper lehnen. Vertrauter Geruch, vertraute Bewegungen, ohne Neues, ohne Angst?

Nein.

Das Bild funktioniert nicht mehr, zerbricht an dem, was unweigerlich danach kommt. Sein nackter Körper, seine Verlegenheit, als ob er nicht wüsste, wohin mit seiner Kraft und seinen Händen. Die Küchentür fällt mit einem leisen Klicken hinter mir ins Schloss. Mückenschwärme, Grashalme unter nackten Sohlen. Wolkenfetzen am Himmel, unter denen Schwalben im Sturzflug durchtauchen. Eine andere Welt, direkt vor unserer Haustür, nur für mich. Nachdenklich spaziere ich durch den Garten und lasse die Blätter der Birken durch meine Finger gleiten.

In weniger als drei Wochen werde ich achtzehn. Früher, da habe ich Geburtstage geliebt. Erinnerungen aus meiner

Kindheit tauchen auf und verschwinden wieder, Bilder von klebrig-heißen Sommernachmittagen in unserem Garten mit Kuchen, Grillen und Versteckspielen. Und jetzt?

Ein Jahr noch, dann ist die Schule vorbei. Ein Jahr trennt mich von der Musikhochschule.

Der Fußweg zur Nachbarbucht ist länger, als ich gedacht habe. Erst kann ich zwischen den Bäumen nichts erkennen als einen Feuerschein, dann sehe ich sie, die Wohnwagen, und davor, an einem Lagerfeuer, sitzen zwei Gestalten. Nein, drei. Und die dritte fängt in diesem Moment an zu bellen.

Ein tiefes, bedrohliches Bellen ist das, und ich bleibe wie angewurzelt stehen. Die Gestalten am Feuer erheben sich, eine Stimme ruft etwas auf Schwedisch. Sicherheitshalber antworte ich, auf Englisch, ehe man mich für einen Einbrecher hält. Schweigen. Ein leises Lachen, dann sagt jemand:

„Fynn!"

Das Bellen verstummt, und der Hund, der sich als rotbraune Bulldogge entpuppt, die mir beinahe bis zur Hüfte reicht, schnuppert freundlich interessiert an meinen Turnschuhen.

„Hallo."

Roberta lacht mich an. Sie sagt etwas zu dem jungen Mann, dann streckt sie mir die Hand hin.

„*Hej*!"

Eine winzige Berührung wie gestern, Finger wie Schmetterlingsflügel, ihre Augen wandern über mein Gesicht. In ihrem singenden Englisch:

„Das ist Fynn, er beißt nicht, oder jedenfalls nur, wenn du es möchtest."

Ein Grinsen, das ebenso schnell wieder verschwindet.

„Und das hier ist Thorben. Mein Bruder."

Ich schüttle eine Hand und beschäftige mich gleichzeitig mit Fynns riesenhaften Ohren.

„Übrigens: Du siehst trocken genauso hübsch aus wie nass, Laura."

Ich beuge mein Gesicht dankbar über den Hund, der genüsslich seufzt, sich zu Boden fallen lässt und mir seinen massigen Bauch zeigt. Verberge die Röte in meinem Gesicht, so gut es geht. Mein Magen ist vollständig außer Kontrolle geraten.

Roberta beobachtet mich mit unergründlichem Blick.

„Was machst du hier?"

Thorben hält mir eine geöffnete Bierflasche hin, seine Finger zittern leicht.

„Ferien?"

Das Bier schmeckt gut, zum ersten Mal, ich habe es sonst nie gemocht. Thorben nickt bloß und stützt den Kopf wieder in die Hände, seine dunklen Locken quellen zwischen seinen Fingern hervor, alle Bändigungsversuche sind wohl zwecklos. Ich kenne das. Widerspenstiges Rot, so lange ich denken kann. Zuerst kämpfte meine Mutter mit Kamm und Bändern dagegen, ratlos, schließlich hat sie es aufgegeben.

Ich weiß nicht, wohin mit mir, gefangen in ihrem Blick, die Flasche in der Hand, eine hässliche Bulldogge zu meinen Füßen. Thorben schweigt.

Schließlich bedeutet Roberta mir, ihr zu folgen. Ein kurzes Stück am Strand entlang, hinaus aus dem flackernden Lichtschein. Die Wasseroberfläche wie ein schwarzer Spiegel, regungslos, wie Roberta, die Hände tief in den Hosentaschen vergraben.

„Seine Freundin hat ihn gestern mal wieder verlassen."

Ihre Stimme klingt dunkel und fremd, auf den See hinaus gerichtet. Und meint dennoch mich.

„Warum?"

„Warum? Keine Ahnung! Schätze, sie hat einen Besseren gefunden. Einen mit mehr Kohle."

Sie lacht, kurz und hart. Das Leben, das ich so lange herbeigesehnt habe, hier ist es plötzlich, und ich fühle mich schutzlos, obwohl das, was sie sagt, eigentlich nichts mit meiner Welt zu tun hat. Und doch: Ich stehe hier, jetzt, und bin ein Teil dieser Nacht. Roberta bedeutet mir etwas, auch wenn ich noch nicht weiß, was. Und Thorbens Trauer berührt mich.

„Das tut mir Leid."

Sie dreht den Kopf und sieht mich an, endlich. Schweigt, mit einem seltsamen Ausdruck im Blick. Schließlich zuckt sie mit den Achseln.

„Mir nicht. Das ist ihm schon häufiger passiert."

Ich halte mich an meincr Flasche fest und trinke, um meine Verlegenheit zu überbrücken. Das Bier rinnt kalt und bitter meine Kehle hinunter. Robertas Stimme, wie von weit her:

„Und was ist mit dir? Ich bin sicher, auf dich wartet auch ein Freund, oder, Laura?"

Warum sagt sie das, und warum sagt sie es so, voller Verachtung? Ich spüre den Zorn, der in mir aufsteigt. Gebe ihr eine Antwort, ehe ich auch nur eine Sekunde darüber nachgedacht habe:

„Es gibt keincn."

Eine Lüge. Oder doch nicht?

Ich drehe mich um und gehe, schere mich nicht mehr um ihr unergründliches Gesicht, will ihr leises Lächeln nicht sehen, nie mehr. Ich renne, um ihr zu entkommen, renne den ganzen Weg nach Hause, doch ihr Bild werde ich nicht los.

Eine Nacht, in der ich mich bemühe, sie zu vergessen. Sinnlos. Wieder träume ich einen Traum von ihren nachtblauen Augen.

5

Beim Aufwachen fühle ich mich wie gerädert. Die Federn des alten Sofas haben ihren Abdruck in meinem Rücken hinterlassen, und für einige Sekunden frage ich mich, warum ich mir das antue, nur um Kays ungelenken Zärtlichkeiten aus dem Weg zu gehen.

Als ich ihn am Frühstückstisch treffe, herrscht Sprachlosigkeit auf der ganzen Linie. Von Hunger keine Spur mehr, ich nehme mir meinen Becher mit heißem Kaffee und gehe hinunter in den Garten, wo Nick auf der Schaukel hockt, allein. Etwas an ihrer Haltung alarmiert mich, lange bevor ich in ihr blasses Gesicht blicke. Die Augen sind rot geweint, ein schmerzlicher Kontrast zu ihrem gefärbten Haar.

„Was ist los mit dir?"

Sie unterdrückt die Tränen. Ich kenne diesen Ausdruck auf ihrem Gesicht, sie hatte ihn bereits als kleines Kind, wenn sie verprügelt worden war. Bloß keinen Schmerz zeigen, lieber alles in sich hineinfressen und die Fassade wahren. Unheimlich an diesem Morgen, an diesem Ort. Und plötzlich ist sie da, die kalte, nackte Angst, die mir zwischen den Schulterblättern hinunterkriecht.

Nick starrt in den Staub, den ihre Füße aufwirbeln. Ich will sie in den Arm nehmen und kann es nicht.

„Sie sind überfällig."
„Wer?"
Sie braucht es nicht laut auszusprechen. Ich ahne es, will es trotzdem nicht wahrhaben.
„Nein", will ich schreien, „halt den Mund, mach es nicht wahr."
Über meine Lippen jedoch kommt nichts als ein Seufzer. Kein Zurück in die Geborgenheit der Kindheit. Es ist niemand mehr da, der mir den Schmerz abnimmt.
„Meine Tage sind überfällig."
Nick flüstert, als könnte sie die Wahrheit dadurch immer noch verändern.
„Bist du dir sicher?"
Sie lacht, um nicht zu weinen, und der Sommer stürzt zusammen wie ein Kartenhaus, bereits zum zweiten Mal. Da ist nichts mehr als der Augenblick, ihr Gesicht, ganz nah vor meinem, und die unumstößliche Tatsache, dass meine beste Freundin ein Kind bekommt. Aus mit allen Malerinnen-Träumen, und die Karriere bitteschön vor die Tür gestellt?
„Weiß Gabriel es schon?"
Heißer Zorn auf ihn steigt in mir hoch, auf seine wunderschönen grünen Augen, seine hellbraunen Haare, seinen verdammt gut aussehenden Körper, der Nicks Verstand ausgeschaltet hat. Ich weiß bereits jetzt, dass er seine Karriere niemals für sie aufgeben wird.
„Nein."
Natürlich nicht. Wie teilt man jemandem, der gerade pfeifend vor dem Haus an seiner Ente herumbastelt, mit, dass er Vater wird? Es gibt kein Richtig. Nicht bei einem Menschen, der bis jetzt nicht weiter als bis zum nächsten Morgen dachte. Was sie auch sagen wird, wird falsch sein, ganz einfach deshalb, weil die Tatsache an sich falsch ist. Es sollte diesen Morgen gar nicht geben. Nicht die Schatten unter Nicks Augen, nicht den Staub unter ihren Füßen. Stattdessen Som-

merferien, Filmabende, Schwimmen im See und Sekt zum Frühstück, meinetwegen sogar das!

Zu spät.

„Willst du, dass ich es ihm sage?"

Jetzt hebt sie den Kopf, zum ersten Mal.

„Würdest du das tun?"

„Ja."

„Ich bringe es einfach nicht fertig, Laura. Ich habe Angst."

Sie senkt ihre Stimme zu einem heiseren Flüstern.

„Eine Scheißangst habe ich."

„Ich weiß, Nick."

Ihre leuchtend blauen Strähnen unter meinen Fingern fühlen sich hart und künstlich an.

Ich kann nicht warten. Nicht damit.

Gabriel grinst, als er mich sieht.

„Laura, bekomme ich dich auch mal zu Gesicht!"

„Hm."

„Was ist los? Du schaust, als ob jemand gestorben wäre. Mensch, wir haben Urlaub, entspann dich!"

„Können wir reden?"

Sein Gesicht wird ernst. Ohne das schalkhafte Blitzen in seinen Augen ist er nicht halb so schön, wie ich immer dachte. Er sieht aus wie ein ganz normaler junger Mann. Nicht mehr, nicht weniger. Ein junger Mann, der Angst bekommt, als er meinen Gesichtsausdruck sieht.

„Ja, sicher."

Ich gehe voraus, den schmalen Pfad entlang, er läuft mir hinterher, zwangsläufig, mit Riesenschritten, bis er mich eingeholt hat.

„Was ist denn los? Mach's nicht so spannend!"

Ich warte, bis wir weit genug vom Haus weg sind, weit genug vom Garten und der Schaukel und Nick. Atem holen, dann seinen Blick auffangen und festhalten.

„Wie konntest du ihr das antun?"
„Spinnst du? Wovon um Himmels willen redest du?"
„Davon, dass du Idiot mit deinen einundzwanzig Jahren es noch nicht einmal fertig bringst, dir ein verdammtes Gummi über dein Teil zu ziehen! Nick ist schwanger, davon rede ich!"
Sein hübsches Gesicht ist plötzlich kalkweiß vor Angst. Er kapiert sofort, aber das macht mich nur noch wütender. Ich hasse seine hilflos herabhängenden Hände, Nick, die dumme, unvernünftige Nick, die ganze Welt.
„Bist du dir sicher?"
„Warum gehst du nicht einfach zu ihr und fragst sie zur Abwechslung?"
Ich lasse ihn einfach stehen, drehe mich um und gehe davon.
„Laura, warte ..."
„Lass mich in Frieden! Ihr könnt mich mal! Alle drei."
Die letzten beiden Worte murmele ich, als ich schon längst weit entfernt bin. Ich laufe weg von ihm, von dem roten Ferienhaus, immer schneller, bis ich mich wieder spüre und immer noch weiter, bis mein Herz rast und meine Lungen schmerzen. Bis endlich nichts mehr existiert außer meinem Körper, dem Geräusch meines Atems, den Muskeln in meinen Beinen, die mich forttragen von diesem Morgen und seiner Ungerechtigkeit. Das Einzige, worauf ich mich verlassen kann.
Um mich herum nichts als Wiesen, ab und zu eine Baumgruppe, ein Bach, Sträucher, ein Reiher, der sich mit großen Flügelschlägen entfernt. Mücken, unvermeidlich, zu Tausenden. Schweiß rinnt zwischen meinen Schulterblättern hinunter, trotzdem laufe ich weiter. Ich habe Angst davor, stehen zu bleiben, weil ich weiß, die Beklemmung wird zurückkehren. Die Erinnerung an Nicks blasses, trauriges Gesicht wird mich verfolgen. Nur solange ich renne, gelingt es mir, die Gedanken auszuschalten.

Lauschen auf den raschen Herzschlag in meinen Ohren. Und dann kann ich der Versuchung doch nicht widerstehen und drehe mich um, um zu sehen, ob die Wohnwagen noch da sind, in der Bucht am See, gleich neben unserer.

Die Wurzel registriere ich erst, als ich mich schon im Fallen befinde. Ein schmerzhafter Aufprall, und dicht vor meinen Augen der Boden, der sich dreht. Atemlos bleibe ich liegen, warte darauf, dass er sich beruhigt.

Eine Hand taucht in meinem Blickfeld auf, ohne nachzudenken ergreife ich sie. Ein Blick direkt in Robertas Augen, sie sind tatsächlich blau, hellblau, und sie ist mir so nah, dass ich die winzigen Sommersprossen auf ihrer Nase erkennen kann. Sie riecht nach einer Mischung aus Sommer, Rauch und Limone. Und da ist noch etwas Herbes, Unbekanntes, das ich nicht einordnen kann.

„Hallo, Laura."

Diesmal lacht sie nicht.

„Alles in Ordnung mit dir?"

Ich verharre regungslos, meine Hand in ihrer, die Nähe beinahe schmerzhaft klar. Ein tiefer Atemzug nach einer Ewigkeit, dann ein Schritt zurück meinerseits, Flucht. Zu viel für den Augenblick, zu viel von ihr, das ertrage ich nicht!

Meine Stimme klingt rauer als geplant:

„Was machst du hier? Spionierst du mir nach?"

Ihre blauen Augen werden dunkel, als ob ein Vorhang fällt.

„Nichts."

Dann, zögernd:

„Beeren sammeln."

Mit einer vagen Geste deutet sie hinter sich, direkt hinein in die wilden Erdbeeren, so weit das Auge reicht. Fynn steht mitten drin und wedelt mit dem Schwanz.

Ich spüre die Röte in meinen Wangen förmlich, verräterisch. Sie wird denken … Wie konnte ich hoffen, so wichtig zu sein? Eine flüchtige Begegnung am See, nichts weiter, eine Unterhaltung bei Feuerschein, die im Nichts endete. Vermutlich hatte sie mich längst vergessen.

Roberta lächelt.

„Willst du welche?"

Nicken, mehr schaffe ich nicht.

Zusammen kauern wir im Staub und pflücken, der Schweiß rinnt über meine Kopfhaut. Heiß und unbequem ist es, doch nicht für tausend Euro möchte ich mit jemandem tauschen. Schweigen. Selbst die Insekten können dieser Stille nichts anhaben.

„Wie geht es Thorben?"

Ich bin die Erste, die die Sprachlosigkeit bricht.

„Du meinst wegen seiner Freundin?"

Wieder nur ein Nicken, den Blick unverwandt auf die Früchte in meiner Hand gerichtet. Der Saft läuft in einem winzigen Rinnsal über meinen Daumen und tropft in den Sand. Erinnerung an die Nacht, in der wir uns zum ersten Mal begegnet sind. Roberta neben mir und zugleich in meinem Kopf.

„Sie hat es sich anders überlegt. Wie schon ungefähr tausend Mal zuvor."

Ich habe mir umsonst Sorgen gemacht. Sie muss es in meinem Gesicht lesen, neugierig schaut sie mich an:

„Was hast du denn gedacht?"

„Na ja, er hat so fertig ausgesehen …"

Ich beiße mir auf die Lippen und schweige und komme mir vor wie eine Idiotin. Naiv und unerfahren und keine Ahnung vom Leben.

Roberta begreift. Plötzlich ist da eine Hand auf meinem nackten Arm, warm und sicher.

„*Hej*", sagt sie leise, und dann noch einmal: „*Hej.*"

Ich wage es, sie anzuschauen, endlich, und versinke in einem Blau, das unglaublich tief ist. So tief, dass ich mir vorkomme wie aus Glas, vorhersehbar, langweilig und behütet. Die Wärme auf meinem Arm, sie bleibt, dennoch.

„Meine beste Freundin ist schwanger."

Roberta lässt Sand zwischen ihren Fingern hindurchrinnen. Ich weiß nicht einmal, warum ich es tue, doch plötzlich brechen die Worte aus mir heraus, verbinden mich mit ihr. Unser erstes Geheimnis. Wie oft erhält man die Gelegenheit zu solchen ersten Malen?

Bitterkeit, mal wieder, als ich von Nick erzähle, sie scheint zur Gewohnheit in meinem Leben zu werden. Meine Stimme fremd und laut und verzerrt vor Wut. Doch Roberta hört mir zu.

„Ist sie glücklich?"

Wieso nur kennt sie die richtige Frage? Und wieso ist Gabriel so weit davon entfernt?

Meine Hände blutrot mittlerweile, zornesrot. Roberta schweigt, versteht. Und eine zentnerschwere Last gleitet von meiner Brust.

Sie sieht mich an. Blaue Tiefe, und ich spüre, wie ich versinke, immer mehr. Roberta lacht. Sie wirft den Kopf in den Nacken dabei. Die Mücken umschwirren uns, während wir im hohen Gras liegen.

„Warum lachst du?"

Sie antwortet nicht, sie spricht eine andere Sprache. Doch heute gehöre ich zu ihrer Welt dazu. Zu den Geräuschen des Sees, die durch das Schilf gedämpft zu uns dringen. Und dann? Ich weiß es, es kommt zurück, das Gefühl, dass sie niemanden an ihrer Seite braucht.

Ein seltsames Wesen mit Augen, in denen sich der Himmel spiegelt. Niemand außer Thorben, ihren Bruder, und das riesenhafte Hundetier, vor dem jeder Angst hat, obwohl er keiner Fliege etwas zuleide tun könnte. Das weiß bloß keiner. Und das ist gut so, sagt Roberta. Weil sie ihn braucht, um sie zu beschützen. Wovor? Sie hat mir keine Antwort gegeben.

Wie eigentlich immer.

Am Abend erneut die Flammen, die Bilder auf ihr Gesicht malen, eine Flasche in der Hand, Fynn liegt auf meinen Füßen und schnarcht. Das Glücksgefühl in meiner Magengegend ist hartnäckig und lässt sich auch durch den Gedanken an Nick nicht vertreiben.

Ob Kay mich vermisst? Nur eine Sekunde lang taucht sein Gesicht in meinen Gedanken auf, dann kehrt die Gleichgültigkeit zurück. Ablenkung durch Robertas Stimme, sie singt, rau und melodisch und in einer fremden Sprache, ihrer eigenen.

Später kommt Thorben dazu, eine junge Frau namens Solveig an der Hand. Sie trägt ein blaues Kleid, ihr langes, weißblondes Haar ist zu einem strengen Pferdeschwanz gebunden. Eine Haut, die einem den Atem nimmt, ein ebenmäßiges Gesicht. Eine typische Schwedin wie ein Abziehbild, wäre da nicht die Tatsache, dass ihr rechtes Bein einen halben Meter kürzer ist als das linke. Sie trägt eine Prothese, dennoch sehe ich es sofort. Mein Blick gleitet hinunter von ihrer Hand auf Thorbens Arm, verharrt auf ihren Beinen, ihrem einen Bein. Ich schäme mich dafür. Aber Solveig lächelt mich an, sie lächelt immerzu.

„Mach dir nichts draus", sagt sie, mit einem starken, seltsamen Akzent, „das geht allen am Anfang so."

Das Gefühl, überflüssig zu sein, vergeht. Ich erhebe mich und reiche ihr die Hand.

„Hej, jag heter Laura."

Ich habe es gesagt. Mein erster Satz auf Schwedisch, dem Lexikon in der Küche des Ferienhauses sei Dank. Solveig freut sich sichtlich, doch Roberta schweigt.

Als die Tür des Wohnwagens sich hinter den beiden schließt, beobachtet sie mich noch immer. Den Kopf leicht schief gelegt, sitzt sie still auf dem Baumstamm und sieht, durch meine Hülle hindurch, mitten in mich hinein, mit all meiner Unsicherheit und meinen Zweifeln. Ich fühle mich nackt unter ihren Augen, die jetzt dunkel sind.

Als sie einen Ast ins Feuer wirft, wirkt die Geste beinahe zärtlich.

„Warum, Laura?"

„Warum was?"

„Warum bist du hier?"

Am liebsten würde ich mich einfach zurücklehnen und ihrer Stimme lauschen, endlos.

„Weil ich gerne hier bin, ganz einfach."

„Ist es wirklich so einfach?"

Ich schweige, weil es darauf nichts zu sagen gibt. Da existieren nichts als Gefühle im Bauch, die meinen Kopf noch lange nicht erreicht haben. Ich will nicht reden, einfach nur den Augenblick leben, doch das Glücksgefühl ist bereits im Rückzug begriffen. Ich starre wütend in die Flammen und drehe die Bierflasche in der Hand. Solveig lacht im Wohnwagen hinter uns.

„Wie ist es passiert?"

Roberta begreift sofort.

„Sie ist im See geschwommen, ein Tourist hat sich ein Motorboot gemietet. Der Bootsverleiher war zu besoffen, um nach einem Führerschein zu fragen. Den Rest kannst du dir denken."

Ein Geheimnis für ein anderes.

„Sie ist im Krankenhaus in der Stadt wieder aufgewacht. Weißt du, was die Ärzte ihr gesagt haben? ‚Seien Sie froh, wir mussten nur den Unterschenkel amputieren!'"

Das Licht hinter den Wohnwagenfenstern erlischt. Roberta seufzt leise und legt den Kopf in die Hände. Sie wirkt jung und alt zugleich in diesem Augenblick.

Ich würde gerne bleiben, meine Hand in ihrem Nacken, das Gefühl mit ihr teilen. Doch sie sitzt tief versunken da, und die Bilder, die sie jetzt sieht, teilt sie nicht mehr, jedenfalls nicht mit mir.

Es wird spät, und ich habe längst eine Gänsehaut auf den nackten Armen.

„Ich muss jetzt gehen."

Keine Reaktion, erst als ich mich erhebe, sieht Roberta mich an.

„Wenn du gehen musst, musst du gehen."

Wieder ist alles verkehrt. Wieder bin ich gesprungen und habe das Netz vergessen.

„Bis morgen."

Sie zuckt mit den Achseln.

Ich drehe mich ein letztes Mal um, ehe die Bucht hinter den Bäumen verschwindet, und da sehe ich sie: die Traurigkeit, die blitzschnell über ihr Gesicht fliegt.

Zurück bleibt eine junge Frau mit undurchdringlichen Gesichtszügen, mit einem hässlichen Hund quer über den schweren Stiefeln. So viele Fragen, doch es gibt keine Antworten mehr für mich, nicht in dieser Nacht.

Roberta bleibt allein zurück.

6

Ich verbringe eine weitere Nacht auf dem Sofa. Kay ist stocksauer, und Nick und Gabriel haben sich in ihrem Zimmer verschanzt. Es ist vollkommen unmöglich, an sie heranzukommen.

Bereits um sechs Uhr bin ich hellwach und schleiche mich in die Küche. Die Luft ist feucht und kühl, trotzdem reiße ich alle Fenster auf und lasse den Morgen herein. Tief durchatmen und die wirren Träume der vergangenen Stunden abschütteln. Ich mache mir einen starken Kaffee und hocke mich mit dem dampfenden Becher auf die Bank ganz hinten im Garten unter den Bäumen. Nur für den Fall. Ich brauche die Einsamkeit jetzt, um nachzudenken. Keine leichte Ablenkung mehr, obwohl das Buch drinnen auf dem Küchentisch lockt, kein Eintauchen in ein fremdes Leben, nicht heute.

Ich habe Sehnsucht nach meiner besten Freundin, doch seit gestern trennen mich wirklich Welten von Nick. Vielleicht schon seit längerem, und ich wollte es nur nicht wahrhaben? Die Angst, die ich in ihrem und besonders in Gabriels Gesicht gesehen habe, lässt mich nicht mehr los. Verantwortung war bisher ein leeres Wort für sie, nun bedeutet sie ein jähes Ende der Ferienidylle.

Und dennoch …

Noch immer will ich meine Bilder von Nicks Zukunft nicht korrigieren. Ein Kind statt der ersehnten Kunsthochschule? Nichts daran passt zu ihrem bisherigen Leben. Absturz in die Realität für ein paar zärtliche, verantwortungslose Momente.

Die drei sitzen schweigend um den Frühstückstisch, als ich zurückkomme. Gabriel hält sich an einem Becher mit Tee fest, Kay verschwindet fast in seiner Müsli-Schüssel, so tief beugt er sich darüber. Nick blickt mir entgegen, angestrengt und blass.

„Wo bist du gestern gewesen?"

„Was wird das, ein Verhör? Ich war spazieren am See!"

„Ha ha."

Ihr Lachen klingt zu bitter für diese Uhrzeit, zu bitter für sie.

„Muss ja faszinierend gewesen sein, dass du es bis Mitternacht nicht zurückgeschafft hast."

Ich balle die Hände in den Hosentaschen zu Fäusten.

„Hör auf damit, Nick. Ich bin dir keine Rechenschaft schuldig."

„Und warum sollte ich?"

„Weil ich nicht diejenige bin, die hier Mist gebaut hat, darum!"

Schweigen. Eiseskälte breitet sich zwischen uns aus, dann wirft sie das Messer, mit dem sie soeben einen Toast bestreichen wollte, auf den Tisch. Klappernd fällt es von der Tischplatte auf die Holzdielen und bleibt dort liegen.

„Wenn du es so sehen willst – bitte."

Sie erhebt sich und geht an mir vorbei, zur Tür. Dabei ist ihr Gesicht kalkweiß, und sie beißt sich auf die Lippen, um die Tränen mit Gewalt zurückzudrängen. Das ertrage ich nicht.

„Nick, bitte! Es war nicht so gemeint."

Sie hört es nicht mehr, will es gar nicht hören. Die Schlafzimmertür fällt ins Schloss.

„Großartig."

Gabriels Stimme klingt sarkastisch. Doch kaum sehe ich ihn an, hebt er abwehrend die Hände.

„Schon gut, sag nichts! Ich weiß, du meintest mich. Ich weiß es ja."

Er lässt den Kopf in die Hände sinken und starrt finster vor sich hin.

„Und du?" herrsche ich Kay an, obwohl er eigentlich nichts dafür kann. Er sitzt an diesem Morgen zur falschen Zeit am falschen Ort. Erschrocken taucht er aus seiner Müsli-Schüssel auf.

„Was?"

„Was hältst du davon?"

Er zuckt mit den Schultern, wie so oft.

„Mensch, Kay, was wäre, wenn ich an ihrer Stelle wäre? Das hätte uns genauso gut passieren können, trotz allem!"

Er starrt mich an, blicklos. Dann erhebt er sich schweigend und geht, einfach so. Erst an der Tür, da dreht er sich um.

„Wann denn, Laura? Seit Wochen darf ich dir nicht mehr zu nahe kommen, also erzähle mir nicht, dass uns das passieren könnte!"

Resignation in seiner Stimme, als er im Flur verschwindet.

Er hat nie zuvor davon gesprochen. Vielleicht wäre es dann einfacher gewesen, ehrlicher. Jetzt ist es zu spät.

„Weißt du eigentlich, dass er dich liebt?"

Ich schaue Gabriel zum ersten Mal an diesem Tag wirklich an. In dieser Sekunde weiß ich, dass er Recht hat. Gleichzeitig wird mir klar, dass ich es die ganze Zeit nicht wahrhaben wollte, ein ganzes verdammtes Jahr hindurch nicht.

Nick liegt auf dem Doppelbett, ihr Rücken zuckt verräterisch.

„Hau ab!"

Sie heult und schleudert mir die Worte entgegen, kaum dass ich den Raum betreten habe. Leise schließe ich die Tür und hocke mich neben sie, ziehe meine Hand zweimal zögernd zurück, ehe ich endlich beginne, ihre Schulter zu streicheln.

„Verzieh dich!" sagt ihr Mund.

„Halt mich fest!" sagen ihre Augen.

Nach einer Ewigkeit werden ihre Schluchzer leiser. Meine Hand zieht Kreise auf ihrem Rücken, langsam, sanft.

„He", flüstere ich leise, „alles okay?"

Natürlich nicht. Warum stellt man diese Fragen? Um den Anschein von Normalität zu wahren? Nick schnieft in ihr Kissen, sie hat es mit beiden Armen umklammert.

„Er hat gesagt, er will es."

„Das ist gut, oder?"

Ich bin vorsichtig. Kann sein Gesicht nicht vergessen, dieses Entsetzen in seinen Augen, als er es erfuhr. Zu viel davon, um es im Laufe einer Nacht zu vertreiben.

Sie nickt, ohne mich anzusehen.

„Und was ist mit dir? Was willst du, Nick?"

Trotzig vergräbt sie die Nase noch tiefer im Kissen. Sie bekommt kaum Luft, dennoch weigert sie sich, mir in die Augen zu sehen. Das Blau ihrer Haare fremd auf der geblümten Bettwäsche. Fremd wie alles an dieser Situation.

„Ich habe das nicht so gemeint, hörst du?"

Keine Reaktion. Nur ihr Atem ist laut und deutlich zu hören. Die Angst in meinem Bauch, ich werde sie nicht los.

„Nick, wirklich, es ist mein Ernst! Es tut mir Leid!"

Nach einer Weile nickt sie erneut, setzt sich auf und umarmt mich zum ersten Mal seit einer Ewigkeit, so fest, dass es wehtut, doch ich halte den Mund. Sie ahnt nicht einmal, wie wichtig sie mir ist.

„Was ist mit dir und Kay? Willst du Schluss machen?"

Sie sieht mich an mit ihren rotgeweinten Augen. Ich will wegschauen, doch ich kann es nicht. Sie ist die Einzige, die ich nie belügen kann.

„Ja. Nein. Ich weiß es nicht. Klingt blöd, oder?"

„Nein, klingt es ganz und gar nicht."

Sie lächelt traurig.

„Gestern, bevor du es ihm gesagt hast, wurde mir eines klar, Laura: Ich will dieses Kind, ob mit oder ohne Gabriel! Wenn er kneift, dann bekomme ich es allein. Egal, was die anderen sagen."

Wann zwischen gestern und jetzt ist sie erwachsen geworden, und wieso, verdammt noch mal, habe ich es nicht gemerkt?

„Du hast ja auch noch mich, oder?"

„Ja."

Sie lächelt zaghaft, als könnte sie sich selbst noch nicht ganz trauen.

„Ich habe ja auch noch dich."

7

Später lasse ich Nick und Gabriel allein. Kay hat sich verzogen, es ist nichts von ihm zu sehen, seitdem er mich in der Küche hat stehen lassen. Ich bin froh darüber und spüre gleichzeitig, dass sich die Schuldgefühle, die ich ihm gegenüber habe, nicht mehr wegdenken lassen. Trotzig kehre ich dem Haus den Rücken und beginne zu laufen. Die gleiche Strecke wie schon einmal, den Kopf voller Erinnerungen. Ob sie wieder dort sein wird, mit Fynn, mitten zwischen den Erdbeeren?

Der Boden ist warm, Staub wird von meinen nackten Füßen aufgewirbelt. Die Oberfläche des Sees glitzert weit entfernt in der Sonne, und ich beginne zu schwitzen. Feine Schweißtropfen bedecken meinen Rücken, meinen Bauch, mein Gesicht, dennoch halte ich nicht an. Allein die Mücken sind lästig. Alles wie beim letzten Mal. Doch etwas fehlt: Roberta.

Ich bleibe stehen und lausche auf meinen raschen Atem. Suche sie mit den Augen, doch zwecklos, sie bleibt verschwunden.

Sei keine Närrin, ihr wart nicht einmal verabredet.

Ich weiß.

Und dennoch … Ich war fest davon überzeugt, dass sie hier auf mich warten würde. Meine Kehle zieht sich zusammen, ich muss schlucken, will auf keinen Fall auch noch heulen. Die Sehnsucht nach ihr wächst seit unserer gestrigen Begegnung unablässig. Trotz des schrecklichen Abschieds keine Chance, sie aus meinen Gedanken zu verbannen.

Es ist niemand hier, niemand außer mir, in dieser verdammten Einöde. Ich trete gegen den nächstbesten Stein, dass es wehtut, immer wieder, bis mir die Tränen dann doch die Wangen hinunterlaufen. Verkehrt. Verkehrte Welt und ich mittendrin. Und der Rettungsanker ist seit gestern Abend verschollen.

Ich lasse mich langsam zu Boden sinken und hocke mich auf die Erde. Die Sonne scheint heiß auf meinen Rücken. Nicht mehr denken müssen, die Augen einfach schließen und die Realität wegsperren, zumindest für ein paar Minuten, einen Augenblick.

In diesem Moment fühle ich eine Hand auf meinem Nacken. Ich wage es nicht, die Augen zu öffnen, ich könnte die Enttäuschung nicht ertragen, nicht jetzt.

„*Hej Lauralyn!*" sagt Roberta.

Kaum Zeit, mich zu erheben und umzudrehen, bevor der Kuss kommt. Anders, ganz anders, als ich es mir erträumt habe, dennoch gibt es keine Gegenwehr meinerseits, viel zu weich sind ihre Lippen. Meine Hände wie von selbst auf ihren schmalen Schultern, Neugier auf ihre Zunge in meinem Mund. Die Hitze, das helle Licht, das Summen der Insekten – alles noch da und doch ganz weit entfernt. Was zählt, ist ihr Atem auf meiner Haut, meinem Nacken, dann auf meinem Bauch, meinen Oberschenkeln.

„Sieh mich an, Laura!"

Ich öffne die Augen und versinke in dem hellen Blau. Die Intensität ist beinahe unerträglich, doch Roberta lässt meinen Blick nicht los. Die Haare fallen ihr in die Stirn, ohne dass sie sich die Zeit nimmt, sie wegzustreichen. Ihre Bewegungen sind heftig und rau, als wäre uns die Zärtlichkeit verloren gegangen, unser keuchender Atem ist das einzige Geräusch in der Mittagsstille.

Hinterher liegt ihr Kopf auf meiner Brust, die Augen geschlossen. Meine Fingerspitzen wandern über eine winzige Narbe an ihrem Kinn. Für ein paar Sekunden lässt sie es geschehen, dann hebt sie den Kopf und entzieht sich meiner Berührung.

„Und was jetzt, Lauralyn?"

„Warum sagst du das immer? Ich heiße Laura."

„Ich weiß, Lauralyn."

Zorn auf sie und gleichzeitig Liebe, überall in mir. Als ich versuche, sie zu küssen, reißt sie sich los. Springt auf, dreht sich um und geht davon. Ich schreie ihr hinterher:

„Geh nicht einfach weg!"

„Bis morgen, Lauralyn."

Sie geht tatsächlich. Ist verschwunden, und ich weiß nicht, wohin mit mir, zerschunden und auf Wolke sieben ausgesetzt, ohne Rückfahrticket.

Den ganzen nächsten Tag warte ich auf sie. Ich treibe mich vormittags am Ufer herum, endlos, kicke Steine ins Wasser und hasse mich und sie, abwechselnd. Die anderen machen einen Ausflug mit Gabriels Auto, Ablenkungsprogramm in Form von Besichtigungen, nichts für mich heute.

Als ich gegen Mittag zum Haus zurückkehre, wirkt es seltsam verlassen. Rastlos gehe ich durch die stillen Zimmer, dann nehme ich mir das Saxophon und setzte mich in den Schatten der Birken im Garten. Doch selbst mein Suchtmittel hilft heute nicht, zum ersten Mal. Nach ein paar Minuten lasse ich das Instrument sinken, lege mich rücklings ins Gras, beobachte die Blätter über mir. Warte.

Am Abend halte ich es nicht mehr aus und gehe zu ihrem Wohnwagen, klopfe an die geschlossene Tür. Nach einer Weile öffnet sie, Fynn am Halsband, und sieht mich seltsam an. Wie eine Fremde, die in ihrem Leben nichts verloren hat. Es tut weh.

„Hi", sage ich und sehe weg.

Roberta zögert, dann tritt sie zur Seite und gibt die Tür frei. Wortlos dreht sie sich um und geht hinein, und ich folge ihr, schweigend. Der Raum ist sparsam möbliert, als wollte sie verhindern, Spuren zu hinterlassen. Sie setzt sich an den Tisch, die Ellenbogen auf die Knie gestützt, und betrachtet mich.

„Was willst du?"

Die Stimme klingt neutral, ohne Vorwurf, ohne Freude, schlimmer als alles andere. Warum erinnert sie sich nicht?

Sieh mich an, Laura!

Ihre Hände, ihre Lippen haben Vertrauen gewollt, jetzt tritt sie es in den Staub. Ich komme mir vor wie eine Idiotin, wie ich hier stehe, und verspüre den Wunsch, sie bei den Schultern zu nehmen und hart zu schütteln, bis der gleichgültige Ausdruck endlich von ihrem Gesicht verschwindet. Doch ich schweige, hilflos. Roberta seufzt und deutet schließlich auf den einzigen freien Stuhl.

„Setz dich!"

Sie sieht mich an, nach einer Weile lässt sie den Kopf sinken und stützt ihn in die Hände. Und plötzlich wirkt sie verletzbar, ausgerechnet sie, zum ersten Mal, seit ich sie kenne.

„Was willst du?" wiederholt sie, diesmal leise und resigniert.

„Mit dir zusammensein?"

Sie schüttelt den Kopf.

„Das kann nicht funktionieren, Laura."

Ich wünschte, sie würde mich noch einmal Lauralyn nennen, so wie gestern. So viel Weichheit lag darin, die ich jetzt nicht wiederfinden kann.

„Warum nicht?"

Sie betrachtet meine trotzig vorgeschobene Unterlippe und lächelt, traurig.

„Wovor hast du Angst, Roberta?"

Ich bin nicht bereit, sie so leicht aufzugeben. Ihre Augen dunkel jetzt, unergründlich.

„Dies hier ist nicht der richtige Platz für dich."

Kein Raum für mich in ihrem Leben also. Nichts als ein paar Stunden Spaß, ein Sommererlebnis unter vielen, das man vergisst, sobald die Abende kühler werden?

Ich erhebe mich und gehe zur Tür, blind und taub für meine Sehnsucht. Keine Sekunde länger will ich ihre Abwehr ertragen, ihre Gleichgültigkeit.

Dennoch kann ich die Worte nicht zurückhalten:

„Ich werde dich nicht aufgeben, Roberta. Niemals."

Die Tür fällt hinter mir ins Schloss. Ihr Blick, der letzte, versteinert, ihr Körper zusammengesunken auf dem Stuhl. Ob sie mich gehört hat?

Ich bin mir nicht sicher.

8

Zwei Tage später ist Markt in Tällberg. Lustlos begleite ich die anderen, um unsere Vorräte aufzufüllen. Viel lieber würde ich allein bleiben, draußen im Garten unter den Bäumen.

Der Himmel ist grau, und ein frischer Wind weht. Doch als ich im Wagen sitze und aus dem Fenster auf die vorbeiziehende Landschaft starre, verspüre ich eine unerwartete Erleichterung mit jedem Kilometer, der mich von dem See und meinen Erinnerungen trennt.

Als Gabriel eine Kassette einlegt, regt sich das Leben endlich wieder in mir. Wenn ich die Augen schließe, sehe ich mich aus der Vogelperspektive, meinen auf der Straße dahingleitenden Körper. Nur die Gedanken, die erkenne ich nicht, die sieht niemand, auch wenn ich es mir manchmal wünsche. Jetzt zum Beispiel: Was würde Nick sagen, wenn sie das von mir und Roberta wüsste? Eine merkwürdige Scheu, mich ihr mitzuteilen, die nicht nur daran liegt, dass sie den Kopf voll mit eigenen Problemen hat.

Schon wieder ertappe ich mich dabei, dass ich an Roberta denke. Ich versuche, sie zu hassen, meine Liebe für sie zu ignorieren, doch es gelingt mir nicht.

Der Lautstärkepegel auf dem Marktplatz ist ungewohnt nach den Tagen in der Abgeschiedenheit. Ich lasse mich zwischen den Ständen treiben, begutachte teilnahmslos Fisch, Obst und Gemüse, die Touristen, die die Läden mit Silberschmuck und die Galerien stürmen, entferne mich von den anderen mit jedem Schritt mehr.

In einer Ecke dreht sich für die Kinder ein kleines, altmodisches Karussell mit den für die Region typischen roten Holzpferden unermüdlich im Kreis. Ich bleibe stehen und beobachte es, und in diesem Moment sehe ich es: Mir gegenüber steht jemand in Jeans mit kurzem schwarzen Haar. Mein Herzschlag setzt für eine Sekunde aus, und dann setzt er wieder ein, laut und schmerzhaft und viel zu schnell: Roberta. Noch hat sie mich nicht bemerkt, gedankenverloren betrachtet sie die Kinder, und der Ausdruck auf ihrem Gesicht ist weich. Obwohl sie die Hände wie so oft in den Hosentaschen vergraben hat, wirkt sie schutzlos.

Plötzlich berührt mich jemand an der Schulter. Ich zucke zusammen und fahre herum, es ist Kay, der vor mir steht, ausgerechnet!

„Kommst du?"

Der Augenblick ist vorüber.

„Lass mich in Ruhe, klar?" fauche ich ihn an, viel härter, als er es verdient. Doch ich will ungerecht sein jetzt, kein Bedarf zurzeit.

Schweigend dreht er sich um und verschwindet in der Menge. Erst als ich ihn nicht mehr sehe, gehe ich zu ihr, langsam, obwohl sie nicht flüchten kann, denn hinter ihr steht ein Lastwagen, rechts und links aufgeregt winkende Eltern.

Sie sieht mich, als ich noch ungefähr einen Meter entfernt bin. Für den Bruchteil einer Sekunde ist sie da, die Zärtlichkeit auf ihrem Gesicht, dann fällt er wieder, der Vorhang der Gleichgültigkeit. Doch ich habe sie gesehen. Und sie weiß es.

„Hallo, Laura."

Ein Nicken meinerseits, mehr bekommt sie von mir nicht.

„Willst du eine Zigarette?"

Ohne zu überlegen greife ich danach, streife ihre Finger mit meinen, unbeabsichtigt. Ich rauche eigentlich so gut wie nie, aber jetzt tue ich es. Weil ich es will, weil es zu diesem Augenblick gehört. Eine Beschäftigung für meine zitternden Hände.

Als sie mir Feuer gibt, sieht sie mir in die Augen, und ich begreife sofort: Es ist etwas passiert in den vergangenen Tagen, eine ungeahnte Zärtlichkeit liegt noch immer in ihnen verborgen. Sie hat aufgehört, sich zu wehren.

„Warum lächelst du, Laura?"

„Weil du da bist."

„Das ist Zufall, ich habe nicht gewusst, dass ich dich hier treffe."

Sie schreckt mich nicht mehr ab.

„Warum lässt du es nicht einfach zu, Roberta?"

Sie inhaliert den Rauch, bläst ihn zur Seite und starrt auf ihre Stiefelspitzen.

„Du weißt gar nichts von mir, Laura!"

„Wie wäre es, wenn du mir etwas erzählst?"

Sie lächelt erneut, ich kann es sehen, auch wenn sie sich bemüht, es zu verbergen. Ein plötzliches Glücksgefühl in meinem Bauch, dass ich platzen könnte.

„Wann?"

„Heute Abend. Komm zu mir."

Ich nicke, weiter nichts, drehe mich um und gehe zurück zu den anderen. Ich habe es geschafft. Zumindest für den Augenblick.

Gegen zweiundzwanzig Uhr bin ich endlich auf dem Weg zu ihrem Wohnwagen. Keiner von den dreien fragt mehr, wohin ich gehe.

Roberta sitzt auf der Schwelle und sieht mir entgegen, sie raucht hastig, als könnte sie die Anspannung dadurch vertreiben, ihre Augen sind dunkel.

„Hi."

Sie lächelt und schweigt, doch es genügt. Ich setze mich neben sie, und Fynn kommt und legt seinen Kopf in meinen Schoß. Ich kann die Wärme seines massigen Körpers durch meine Jeans hindurch fühlen.

„Willst du Kaffee?"

Roberta hält mir einen dampfenden Becher hin, und ich nehme ihn, berühre dabei ihre Hand. Spüre erneut, wie mein Herzschlag außer Kontrolle gerät. Ich trinke und verbrenne mir die Zunge, aber es ist mir egal, ich brauche den Schmerz, um die nächsten Minuten zu überstehen. Ich will Roberta so sehr, dass es wehtut.

Sie schweigt noch immer. Ich betrachte ihr mittlerweile vertrautes Profil, ihre kurzen, vom Wind zerzausten Haare, ihre Haut, das Kinn mit der kleinen Narbe.

„Warum siehst du mich so an?"

Es klingt nicht abweisend, eher bittend.

„Warum gehst du nicht und ersparst uns das?" sagt sie eigentlich, stumm. Doch ich will nicht gehen.

„Weil du schön bist."

Sie schnaubt und blickt weg. Doch ich habe es genau gesehen, das Lächeln auf ihren Lippen.

„Du weißt gar nichts über mich, Laura", flüstert sie und sieht mich endlich an. Ihre Augen wirken groß und traurig in ihrem blassen Gesicht.

„Das hast du schon einmal gesagt, und es hat mich auch da nicht abgeschreckt."

„Ich kann dir nicht mehr geben als das, was war."

„Warum?"

„Weil ich dich zu gern habe."

„Das macht keinen Sinn."

„Für dich vielleicht nicht, Laura."

Sie steht auf und geht einige Meter von mir weg, dreht mir den Rücken zu. Ich kann sehen, dass sie zittert. Wieder einmal weiß ich nicht, wohin mit mir, fühle mich hilflos.

Schließlich dreht sie sich um, ergreift meine Hand und zieht mich hoch, nimmt mich mit sich zum Wasser, wo sie ihre Jeans und das T-Shirt abstreift. Sie lacht, weil ich sie anstarre in ihrer Nacktheit, und dann stürzt sie sich in den See, watet hinein, bis es tief genug ist, und beginnt zu schwimmen, schnell und mit kräftigen Zügen.

„Was ist, worauf wartest du?"

Das Wasser ist kalt, es fühlt sich an wie winzige Nadelstiche, doch ich kraule Roberta hinterher zu der kleinen Insel, etwa einen Kilometer vom Strand entfernt. Meine Muskeln beginnen nach einer Weile zu schmerzen, doch Roberta gleitet mühelos weiter, und ich folge ihr mit zusammengebissenen Zähnen.

Lange vor mir ist sie am Ufer und lässt sich keuchend in den Sand fallen. Ich lege mich daneben und beobachte ihr Lächeln, ein unbekanntes, gelöstes Lächeln, mit dem sie wunderschön aussieht. Nach einer Weile dreht sie sich auf die Seite und stützt den Kopf in die Hände.

„Was ist?"

Ihre Stimme sanft und leise.

„Du sahst eben aus, als ob du vor Glück beinahe gestorben wärst!"

„Ich war kurz davor, Laura."

Ihr Gesicht ist so nahe vor meinem, dass ich die dunklen Sprenkel in dem ansonsten makellosen Hellblau ihrer Augen erkennen kann. Sie küsst meine Stirn, meine Lider, meine Nasenspitze, meine Wangen, meinen Hals, meinen Bauch. Ich vergrabe meine Hände in ihrem nassen Haar. Weich und zärtlich und rau zugleich. Liebe, vor allem. Nicht weil Roberta perfekt oder zur richtigen Zeit am richtigen Ort ist.

Sondern wegen ihres Lächelns, der schmalen Schultern, des störrischen dunklen Haars. Liebe wegen ihrer Narbe am

Kinn und des eigenwilligen Blaus ihrer Augen, des Trotzes auf ihren Lippen, wegen der Art, wie sie den Kopf in den Nacken legt, wenn sie aus der Flasche trinkt, und wie sie den Rauch gen Himmel bläst, wenn sie eine Zigarette raucht. Ihre Hände in den Hosentaschen, ihr Gang, die Art, wie sie mit Fynn umgeht. All das und noch viel mehr. Selbst dann, wenn sie mich von sich stößt, weil es ein Teil von ihr ist, etwas, das sie mit sich herumträgt aus der Vergangenheit, von der ich bis jetzt verschwindend wenig kenne. Ich will diese Liebe zu ihr, jetzt und heute.

„Ich liebe dich", sage ich, und sie streichelt meine Wange und sieht mich an.

„Ich weiß, Lauralyn."

9

Ich erwache durch die Sonnenstrahlen, die sich ihren Weg durch das Wohnwagenfenster bahnen. Für einen Moment betrachte ich die fremde Umgebung und mache die Augen rasch wieder zu, lausche den Atemzügen neben mir. Meine Haut riecht nach ihr, konserviert ihren herben Duft. Ihre Stimme gestern Nacht, spät, als wir tropfnass wieder vor ihrer Tür standen: „Du gehst heute nicht mehr nach Haus", lange bevor ich sagen konnte „Schick mich nicht weg, nicht heute!"

Roberta schläft. Zeit für mich, sie in Ruhe zu betrachten.

Sie sieht jünger aus, zarter und verletzlicher, nicht mehr wie neunzehn. Ihre klare, helle Haut bildet einen scharfen Kontrast zu ihrem schwarzen Haar. Ich versuche sie mir in meinem Alltagsleben vorzustellen, doch es gelingt mir nicht. Sie gehört nicht dorthin. Sie gehört zu diesem Ort, zu diesem Sommer, und ich habe Angst vor dem letzten Tag dieser Ferien.

Die Decke ist von ihrem Körper gerutscht, und ich streichle ihre nackten Schultern, ihre sehnigen Arme mit meinem Blick. Sie ist gebräunt von der Sonne, an ihrer linken Hand steckt ein schmaler Silberring, der einzige Schmuck, den sie trägt. Die einzige Frau, die ich jemals nackt gesehen habe, ist meine Mutter, und selbst das ist schon lange her, denn in den letzten Jahren hat sie begonnen, sich im Bad einzuschließen, so als müsste sie sich schämen, weil ihr Körper langsam älter wird. Roberta ist wunderschön, auch wenn ihr magerer Körper nicht perfekt ist. Unverwechselbar, die kleine Narbe am Kinn, deren Herkunft sie mir nicht verraten will.

Endlich schlägt sie die Augen auf und streichelt meine Wange, vorsichtig, als könnte sie dem Morgen noch nicht ganz trauen.

„Hallo du."

„Hast du immer noch Angst?" flüstere ich.

„Nein, seit gestern nicht mehr."

Ich nicke und vergrabe mein Gesicht an ihrem Hals, schließe das Sonnenlicht aus, das helle Streifen auf ihren Körper malt, konzentriere mich auf ihre Haut, die Muskeln darunter, die sich bewegen, als sie die Arme um mich legt, versuche, mir das Gefühl an meiner Wange einzuprägen für den Zeitpunkt, an dem wir uns wieder werden trennen müssen. Doch jetzt noch nicht.

Noch gehört der Tag uns.

Thorben sitzt in der Sonne und schnitzt, als ich den Wohnwagen verlasse.

„Hallo, Laura."

Milde Überraschung auf seinem Gesicht, die in ein Lächeln übergeht, ohne dass seine Hände innehalten.

Langsam schlendere ich zu ihm hinüber und begutachte die Holzfigur, die er in den Händen hält.

„Was wird das, wenn es fertig ist?"

„Eine Marionette."

Er blinzelt gegen das helle Licht und zwinkert, und noch immer lächelt er.

„Eigentlich arbeite ich im Museum in der Stadt. Aber irgendwann will ich mit meinem eigenen Puppentheater durchs Land ziehen. Davon träume ich, seitdem ich acht Jahre alt bin."

Er fährt mit einer Hand durch die Luft, als würde er ein Schild malen:

„*Thorbens Puppenkiste*. Oder so ähnlich."

Jetzt grinst er, und ich spüre eine warme Welle der Zuneigung für den jungen Mann, den ich kaum kenne.

„Wo ist das Museum?"

„Direkt am Marktplatz, du hast es bestimmt schon gesehen: das alte Haus mit dem Strohdach. Komm doch mal vorbei, wenn du in der Stadt bist!"

„Ja, ganz bestimmt."

Ich weiß, ich werde es wahr machen.

Nick sitzt in der Küche und trinkt Kaffee, allein, als ich zurückkehre. Ich setze mich stumm zu ihr.

„Es ist vorbei mit dir und Kay, oder?"

„Ja, das ist es."

Sie nickt und pustet vorsichtig in ihren Becher. Dampf steigt auf.

„Hast du jemand anderen kennen gelernt?"

Ja.

„Es gibt keinen anderen Typen, wenn du das meinst."

Feige, ich bin feige und hasse mich dafür. Warum kann ich ihr nicht sagen, was mit mir los ist?

Nick schaut weg, aus dem Fenster. Sie spürt genau, dass etwas nicht stimmt, doch sie hakt nicht nach.

„Gabriel fährt heute Nachmittag mit mir in die Stadt, nach Rättvik. Dort gibt es einen Frauenarzt."

„Soll ich mitkommen?"

„Nein, das brauchst du nicht."

Etwas steht seit der vergangenen Nacht zwischen uns, und wir spüren es beide. Unsere alte Kinderfreundschaft kommt mit dem Tempo unseres jetzigen Lebens nicht mehr mit, zu vieles verändert sich, und ich habe das Gefühl, als würden wir in verschiedene Richtungen gehen. Ich bin traurig darüber, doch ich bringe es nicht fertig, sie zu umarmen und ihr zu sagen, dass alles gut werden wird, so wie früher.

„Könnt ihr mich trotzdem mit in die Stadt nehmen? Ich will ins Museum gehen."

Langsam wird sie misstrauisch.

„Stimmt was mit dir nicht? Seit wann interessierst du dich für Museen?"

„Schon immer", lüge ich, „außerdem habe ich in meinem Reiseführer gelesen, dass es ziemlich berühmt ist."

Sie nickt müde und hat ihre Frage schon vergessen, als ich aufstehe und meinen Rucksack hole.

An der Kasse des niedrigen Strohdachhauses sitzt eine gelangweilt aussehende Frau mit Nickelbrille, die mich mit hochgezogenen Augenbrauen ansieht, als wollte ich in ihr Allerheiligstes eindringen. Dabei sollte sie froh sein: Außer mir sind nur noch zwei Besucher da, ein altes amerikanisches Ehepaar, das einheitlich in hellgrau und beige gekleidet langsam von Vitrine zu Vitrine wandert.

Im Erdgeschoss befinden sich hinter Glas ausgestopfte Tiere, ein lebensgroßer Elch und ein Rentier sehen mich an. Schaudernd wende ich mich ab und gehe die Treppe hinauf, die unter meinem Gewicht leicht knarrt. Im oberen Stockwerk befindet sich ein ausgebauter Dachboden mit einer Ausstellung über das Leben in Schweden vor langer Zeit. Ich bin gerade dabei, mich in bunte Trachten zu versenken, als eine Stimme fröhlich aus einer Ecke kommt:

„Laura! Wahnsinn, dass du tatsächlich gekommen bist!"

Thorben sitzt auf einem Stuhl neben dem einzigen Fenster, einen Zeichenblock auf den Knien. Langsam schlendere ich näher.

„Interessierst du dich für Geschichte?"

Derselbe singende Akzent wie bei Roberta, dieselben Augen.

„Nein, eigentlich nicht."

Wir müssen beide gleichzeitig lachen.

„Was machst du so, zu Hause in Deutschland?"

„Ich will Musik studieren. Saxophon."

Thorben nickt.

„Das ist gut. Ich bin auch nur hier, um Geld zu verdienen. Ich habe so eine Menge Zeit, um meine Gedanken schweifen zu lassen. Wenn nicht gerade eine Horde Touristen einfällt, natürlich!" fügt er augenzwinkernd hinzu und deutet auf die beiden Amerikaner, die mir mittlerweile in den ersten Stock gefolgt sind.

„Was zeichnest du da?" frage ich neugierig, und er schiebt freimütig seinen Block zu mir herüber. Staub tanzt im Licht, vor mir Unmengen von Skizzen. Sie alle zeigen Gesichter, Körper, Puppen, keine herkömmlichen, sondern Fabelwesen in bunten Farben, Fantasiegestalten.

„Sollen das alles deine Marionetten werden?"

Er nickt, und für einen Moment sind wir uns sehr nah, weil ich seine Träume kenne.

„Ich brauche deine Hilfe, Thorben. Kannst du mir sagen, wovon sie träumt?"

Es wird still, nur das Knarren der Treppe verrät, dass die Amerikaner uns allein gelassen haben. Er mustert mich, als sähe er mich zum ersten Mal.

„Warum fragst du Roberta nicht, wenn sie dir so wichtig ist, Laura?"

Ich blicke zu Boden.

„Ich habe Angst davor, dass sie mir keine Antwort geben wird."

Er nickt langsam.

„Du hast sie gern", sagt er.

Keine Frage, sondern eine Feststellung.

„Sehr sogar."
„Dann wünsche ich dir Glück", murmelt er, und an seinen Augen erkenne ich, dass er es ehrlich meint. Dennoch wird er mir nicht weiterhelfen.
Er beugt sich wieder über das Papier, seine dunklen, langen Locken fallen ihm ins Gesicht.
„Wie geht es eigentlich Solveig?"
Überrascht sieht er mich an, so als hätte er nicht damit gerechnet, dass ich mich auch daran erinnere.
„Gut, danke."
„Grüß sie von mir, wenn du sie siehst, ja?"
„Ja. Ja, das mache ich. Ich besuche sie nachher, sie wohnt nur ein paar Straßen von hier."
Ich hebe die Hand und lasse sie wieder sinken, und dann laufe ich die Treppe hinunter und hinaus, vorbei an der Kartenverkäuferin in dem geblümten Sweatshirt, die diesmal lächelt und mir ein „*Bye*" hinterherruft. Ob sie froh ist, dass sie wieder ihre Ruhe hat?

Das Licht auf der Straße ist zu hell nach den dämmrigen Räumen. Ich setze mich auf die Treppenstufen und warte, denke an Thorben, allein in dem großen Raum.
Von Nick ist nach einigen Minuten immer noch keine Spur zu sehen, also beschließe ich, die Stadt in Augenschein zu nehmen. Eine weiße Kirche mit dazugehörigem Friedhof auf einer Halbinsel mitten im Siljansee, Läden mit Souvenirs in den Auslagen für die zahlreichen Touristen. Ich gehe schnell, die Hände in den Taschen meiner Jeans vergraben. Erst bei dem Kino bleibe ich stehen. Kino kommt bei mir gleich nach Musik, ein absoluter Gänsehautfaktor, sich im Dunkeln davonzuträumen, mit Nicks Videoabenden auf dem Sofa überhaupt nicht zu vergleichen!
In der Zeit mit Kay war ich meistens froh, wenn wir am Freitagabend die Bettgeschichte abgehakt hatten, denn danach bestand noch die Chance, dass wir gemeinsam ins Kino

fuhren, und ich begann, den Abend zu genießen. Klingt hart, ich weiß, aber so war es nun mal. Kay war nicht gerade für das Kribbeln im Bauch gut. Meine Schuld, dass ich trotzdem so lange mit ihm zusammen war. Noch immer zusammen bin, streng genommen. Den Gedanken verschiebe ich sofort auf später. Lieber träume ich von blauen Augen, während ich durch die Straßen schlendere.

Gabriels klapprige Ente steht vor dem Haus des Frauenarztes auf dem Bürgersteig, so dass die Touristen mit ihren Eistüten stehen bleiben und schimpfen. Ich halte das Gesicht in den Wind und bin einfach nur da, Laura im Hier und Jetzt.

Nick unterhält sich mit Gabriel, während sie die Treppen herunterkommen, ich höre ihre Stimme in meinem Nacken, lange bevor ich mich umdrehe und ihr Gesicht sehe. Angst vor der Endgültigkeit.

„He, Laura", sagt sie leise, „ich bin nicht schwanger."

Ich starre sie an.

„Was? Aber du hast doch gesagt ..."

„Ich weiß."

„Was ist mit dem Baby?"

„Es hat nie eins gegeben."

Trauer in ihrem Blick. Ich nehme sie in die Arme und begreife: Sie hat es gewollt, das Baby, und jetzt ist es ihr genommen worden durch ein paar banale Worte.

„Es tut mir so Leid, Nick", flüstere ich in ihr Ohr, damit Gabriel es nicht hört. Er steht hinter ihr und grinst erleichtert.

„Tja, falscher Alarm!"

So wie er es sagt, verspüre ich zum zweiten Mal in kurzer Zeit den Wunsch, jemandem ins Gesicht zu schlagen.

Schweigend gehen wir zum Auto, schweigend fahren wir nach Hause, wo Kay in der Tür steht und wartet. Gabriel läuft zu ihm, ohne sich nach Nick umzudrehen, schlägt ihm auf die Schulter und sagt etwas, das ich gar nicht verstehen will. Kay umarmt ihn, und dann verschwinden die beiden im Haus. Nick und ich bleiben zurück unter dem grauen, tief hängenden Himmel.

„Lass uns spazieren gehen."

Dieselben Wiesen, über die ich schon gelaufen bin, allein, an Roberta denkend, derselbe Pfad am Ufer entlang, ohne freudige Erwartung diesmal. Nick lässt den Kopf hängen und kickt Steine aus dem Weg. Nach einer Weile seufzt sie.

„Ich werde mit ihm Schluss machen, sobald wir wieder zu Hause sind."

Ihre Schultern schützend hochgezogen. Wieder nehme ich sie in den Arm, und diesmal kommen sie endlich, ihre Tränen, und hören gar nicht mehr auf. Und ich schäme mich, dass ich ihre Sehnsucht nach Geborgenheit nie gesehen habe. Ich habe mich irreleiten lassen von ihrer lauten Art, den bunten Farben. Ein geschicktes Täuschungsmanöver, selbst für mich.

Am Abend liegen wir gemeinsam auf ihrem Bett. Nick hat eine Flasche Sekt aufgemacht, aber uns ist beiden nicht nach Feiern. Stattdessen reden wir, endlos, wie früher. Erst jetzt fällt mir auf, wie selten solche Augenblicke geworden sind. Zuerst haben uns die Jungs näher zusammen gebracht, doch dann, als die erste Verliebtheit zwischen mir und Kay vorbei war und Nick fortfuhr, von Gabriel zu schwärmen, sind wir uns fremd geworden.

Das Wissen der letzten Tage schweißt uns noch einmal zusammen. Für wie lange? Ich will es nicht wissen. Das Einzige, was zählt, ist jetzt dieser Augenblick, Nicks warmer Körper neben meinem, ihr Lachen, das bitter klingt. Noch einmal die Zweisamkeit genießen. Ich ahne bereits, dass es das letzte Mal ist.

„Dieser Idiot!" sagt sie aus tiefstem Herzen, dann seufzt sie und legt ihren Kopf auf meinen Arm, sieht mich an. „Er hat mich nie wirklich gewollt, weißt du das? Sonst hätte er nicht so reagiert."

Ich lasse mich fallen in das Braun ihrer Augen.

„Ganz ehrlich, Nick – ich weiß es nicht. Vielleicht denkt er auch einfach nur, dass es der falsche Zeitpunkt gewesen wäre?"

Lüge. Ich habe seinen Blick gesehen, als er die Praxis verließ. Für ihn wird niemals der richtige Zeitpunkt sein.

Nick klammert sich einen Augenblick an meine Worte, dann schüttelt sie entschieden den Kopf.

„Weißt du was?" sage ich und lache, obwohl mir nicht danach zumute ist, „er ist ein Idiot, du hast Recht. Und ein feiger noch dazu."

Ich drücke sie an mich, und sie vergräbt ihren Kopf an meiner Brust. Wieder und wieder lasse ich die blauen Strähnen durch meine Finger gleiten, doch ich schweige. Obwohl ich mich dafür hasse, kein Wort über Roberta für sie, ich bleibe stumm.

10

„Wovon träumst du?"

Mein Gesicht liegt auf ihrer Brust; ihr Herz schlägt direkt unter mir. Mit geschlossenen Augen lausche ich, wie ihr Atem sich langsam beruhigt, nachdem wir uns geliebt haben. Suchtfaktor, diese Nähe, Hunger bereits nach dem nächsten Mal, trotz der Befriedigung, die träge durch meine Adern strömt.

„Wovon träumst du?" wiederhole ich und zeichne mit meinen Fingerspitzen unsichtbare Muster auf ihre Haut.

„Warum willst du das wissen, Lauralyn?"

Ihre Stimme ist dunkel und weicher als sonst.

„Weil ich dich liebe."

Sie lacht leise.

„Du gibst niemals auf, oder?"

Ich schüttle den Kopf, ohne die Augen zu öffnen, ihr Herz an meinem Ohr, schnell und regelmäßig.

„Ich will Meeresbiologie studieren, in Stockholm. Und dann auf einem Forschungsschiff arbeiten. Am liebsten im Polarmeer."

Ich versuche sie mir vorzustellen, im ewigen Eis. Ihre blauen Augen passen zur Farbe des Himmels. Doch es ist kalt dort, viel zu kalt für mich und meine Träume.

Schweigen.
Und dann fragt sie doch:
„Und du? Was ist mit dir, Laura?"
Ihre Hand in meinem Nacken, sie wandert hinauf und hinunter.
„Ich will Musik studieren, Saxophon."
Ich seufze leise.
„Ich dachte schon, du fragst nie."
Wieder lacht sie, und dann beugt sie sich über mich und küsst mein zerzaustes Haar.

Am nächsten Tag ist sie verschwunden.
Ich warte stundenlang, weil kein Zettel an der fest verschlossenen Wohnwagentür klebt, so als wäre sie nur kurz zum Einkaufen in die Stadt gefahren oder schwimmen gegangen. Nichts. Kein Zeichen deutet darauf hin, dass sie nicht zurückkehrt. Ich setze mich vor ihre Tür auf den Boden, blinzle durch die Haarsträhnen in das helle Sonnenlicht und warte. Doch niemand kommt.
Am Abend sind meine Lippen trocken und aufgesprungen, und mein Magen schmerzt. Dennoch rühre ich mich nicht vom Fleck, bis es Mitternacht wird. Dann begreife selbst ich es: Sie ist fort. Samt Fynn und Thorben.
Ich klammere mich fest an der Tatsache, dass die beiden alten Wohnwagen noch immer dort stehen, nehme mir vor, zurückzukommen, sobald der Morgen kommt. *Morgen wird sie wieder da sein.*
Der Weg nach Hause endlos, meine Füße sind schwer wie Blei. Mein Kopf, der die Realität bereits kennt, kämpft mit der Hoffnung im Bauch.
Ich hebe einen Stein auf und werfe ihn mit aller Kraft gegen den nächsten Baum.
Nein, sie wird nicht kommen, nicht morgen, nicht übermorgen, überhaupt nicht mehr. Und es ist ihr egal, dass du hier auf sie wartest.

Ich spüre, wie die raue Oberfläche des Steins mir die Fingerspitzen aufschürft, mit denen ich sie gestern noch gestreichelt habe. Ich hebe den nächsten auf und dann noch einen. Mit jedem Steinwurf versuche ich, sie mir aus dem Kopf zu schlagen: einen für ihre weiche Stimme, einen für ihren Atem in meinem Nacken, einen für ihre hellblauen Augen. Einen für ihren letzten Satz: „Und was ist mir dir, Laura?"

Die Küche ist verlassen, die drei sitzen im Garten und spielen Karten. Ich starre sie durch das Fenster an, als wären sie Fremde, als hätten sie nichts zu tun mit mir und dem dumpfen Schmerz in meiner Kehle, meinen Gedanken, die unermüdlich ihren Namen wiederholen.

Ich bin verliebt. So einfach ist das. Und niemand weiß es, niemand außer ihr und Thorben und einem riesigen Ungetüm von Hund vielleicht. Ich versuche zu lachen, doch es gelingt mir nicht. Zu eng ist mein Hals, so eng, dass er gerade noch einen Atemzug durchlässt. Aber da ist kein Raum für mehr.

Ich schnappe mir mein Bettzeug und kauere mich auf das Sofa, und da kommen sie endlich, die Tränen, erst langsam, dann immer schneller, bis meine Wange und das Kissen unter mir nass sind.

Schwach registriere ich, dass Nick sich irgendwann in der Nacht zu mir auf die Sofakante setzt und hilflos über meine Schulter streicht.

„Laura?" fragt sie, vorsichtig, verunsichert.

„He, Laura!"

Schließlich drehe ich mich um und sehe sie an.

„Was ist denn los mit dir?"

Diesmal gibt es kein Zögern, weil meine Gefühle keinen Aufschub dulden. Ich habe keine Zeit mehr. Roberta wartet nicht mehr auf mich.

„Kannst du dir vorstellen, dass man eine Frau genauso lieben kann wie du Gabriel? Oder so, wie du ihn geliebt hast, am Anfang?"

Sie sieht mich mit undurchdringlicher Miene an. Endlich zuckt sie mit den Achseln.

„Keine Ahnung. Ich glaube, ich nicht."

„Aber ich", sage ich trotzig und drehe mein Gesicht weg von ihr.

Nick schweigt, eine Ewigkeit lang. Dann ringt sie sich dazu durch zu fragen:

„Und wie heißt sie?"

„Ist das wichtig?" fahre ich sie an und denke im selben Augenblick: Ja, es ist wichtig. Ich kann nicht genug davon bekommen, ihren Namen zu sagen. Weil sie dann wieder zu mir gehört.

Nick ist merklich zusammengezuckt.

„Sie heißt Roberta. Und sie ist verschwunden."

„Oh."

Mehr fällt ihr dazu nicht ein, und ich denke daran, wie ich auf sie eingeredet habe in den letzten Tagen, um sie aufzuheitern.

„Ich muss sie finden, verstehst du? Ich muss!"

„Was willst du denn tun?"

„Ich habe keine Ahnung", seufze ich, und das ist die Wahrheit. Ich kenne nicht einmal Robertas Nachnamen, geschweige denn, dass ich weiß, wohin sie gegangen ist!

„Ich habe keine Ahnung", wiederhole ich, und dann starre ich stumm in die Dunkelheit, bis Nick mir noch einmal hilflos über die Schulter streicht, sich erhebt und geht. Ich sehe ihre Silhouette für einige Sekunden im Licht in der Tür. Sie zögert. Dann geht sie endgültig, und ich begreife: Ich bin allein mit meinen Gefühlen. Unsere Zeit ist vorbei. In dem Augenblick, in dem ich Roberta traf, habe ich mich Lichtjahre von ihr entfernt. Nichts an ihr und mir passt in Nicks Kategorien, da ist nichts an uns, was sie jemals wirklich verstehen wird.

Thorben sitzt vor seinem Wohnwagen, als ich am nächsten Morgen das Ufer erreiche, Fynn liegt zu seinen Füßen. Die

Müdigkeit steckt mir in den Knochen, mein Kopf schmerzt vor lauter Sehnsucht.

„Hallo, Laura", sagt Thorben und sieht mich nicht an.

Ich setze mich ihm gegenüber und starre so lange auf seine wilden Locken, bis er doch aufblickt. Er wirkt erschöpft, und an den hellen Spuren auf seinen Wangen kann ich sehen, dass er geweint hat. Wieder einmal teilen wir ein Gefühl, wieder einmal bin ich ihm näher als Nick, meiner besten Freundin.

„Sie ist weg, nicht wahr?"

Er nickt. Ich sehe es und will es trotzdem nicht wahrhaben.

„Wohin ist sie gegangen?"

Thorben zuckt mit den Schultern. An seinen Augen sehe ich, dass er lügt. Ich beuge mich vor und schüttele ihn, meine Hände umklammern hart seine Oberarme. Er wehrt sich nicht.

„Verdammt noch mal, Thorben, wohin ist sie gegangen? Ich will es wissen. Ich gehe hier nicht weg, bevor du es mir nicht gesagt hast!"

Wieder sieht er mich an, und dann endlich scheint er mir zu glauben, denn die Verschlossenheit verschwindet aus seinen Gesichtszügen, und sein Mund wird weich und verletzlich. Er seufzt.

„Unser Vater war hier, vorgestern Abend."

„Und?"

Bis jetzt habe ich nicht einmal gewusst, dass überhaupt ein Vater existiert. Doch ich habe Angst, ihn zu unterbrechen, Angst, dass er es sich anders überlegt und wieder in sein Schweigen hinüberdriftet.

„Was hat sie dir über unsere Familie erzählt, Laura?"

Jetzt ist es an mir, aufzulachen, kurz und ohne Freude. Nichts ist komisch an der Tatsache, dass ich sie liebe, dabei aber nicht das Geringste über sie weiß.

„Das habe ich mir gedacht. Ich hätte es an ihrer Stelle wahrscheinlich genauso gemacht."

„Und du? Erzählst du es mir jetzt?"

Ich hocke mich zu seinen Füßen in die sandige Erde und sehe ihn an. Ich habe keine Angst mehr. Ich werde um sie kämpfen, wenn es sein muss. Sie hat mir zu viel gegeben.

„Unsere Eltern sind geschieden, und es gibt da eine richterliche Verfügung, dass sich unser Vater uns nicht nähern darf. Aus gutem Grund, wenn du mich fragst."

„Hat er euch geschlagen, oder so?"

Er stützt das Gesicht in die Hände; seine Stimme klingt dumpf, als er antwortet.

„Ja. Und dabei war er noch nicht mal Alkoholiker, so wie man sich das immer vorstellt, ganz im Gegenteil! Unsere Mutter ist Ärztin, sie war so gut wie nie da, und als mein Vater vor zwei Jahren plötzlich arbeitslos wurde, war es für sie selbstverständlich, dass er bei uns zu Hause blieb. Irgendwann hat er sie nicht mehr ausgehalten, diese Abhängigkeit, und seinen Frust an uns ausgelassen. Wahrscheinlich dachte er, wir stünden ihm im Weg oder so. Es war ihm zuletzt völlig egal, warum er eigentlich zugeschlagen hat, er fand immer etwas."

Zorn in meinem Bauch, ich kann sie nicht zurückhalten, die Frage:

„Warum habt ihr eurer Mutter nichts gesagt?"

Er seufzt und fährt sich müde über die Augen, als hätte er darüber schon zu oft vergeblich gegrübelt.

„Sie war praktisch nie da, solange wir zurückdenken konnten, verstehst du, Laura? Und wenn sie doch einmal zu Hause war, war sie müde oder hat sich in ihren Fachzeitschriften vergraben. Roberta wäre niemals zu ihr gegangen, eher hat sie alles in sich reingefressen. Bis sie beinahe erstickt ist."

Kopfschütteln, meinerseits, und ein verändertes Bild von Roberta. Ihr Misstrauen, ihre abweisende Art, ihre Flucht, all das bekommt plötzlich einen Sinn.

„Wie hat sie es schließlich herausbekommen? Oder war das nicht der Grund, weshalb sie sich haben scheiden lassen?"

„O doch, eines Tages kam sie zufällig früher von der Schicht nach Hause und erwischte ihn dabei, wie er Roberta schlug. Sie hat ihn rausgeworfen, sofort, mit all seinen Sachen, obwohl es draußen geschneit hat, es war ihr egal. Aber für Roberta war es zu spät, sie war damals sechzehn, und sie hat einen solchen Hass gegen alles und jeden in sich gehabt, dass es beängstigend war. Sie besitzt einen unheimlich starken Willen."

Er verstummt.

„Ich weiß."

Thorben sieht mich an, als hätte er vergessen, dass ich da bin. Dann nickt er langsam.

„Vor einigen Monaten, als sie mit der Schule fertig war, sind wir hierher gezogen und haben die beiden Wohnwagen gemietet. Wir haben beide die erstbeste Möglichkeit ergriffen, aus Stockholm wegzukommen, um den Erinnerungen zu entgehen. Meine Mutter hat ziemlich darunter gelitten, aber wir hatten beide keine Lust, Rücksicht auf sie zu nehmen, schließlich hat sie auch immer ihren Traum verwirklicht, solange wir noch klein waren."

Ich erhebe mich und sehe auf ihn hinunter.

„Aber warum habt ihr dann nicht auch vorgestern gemeinsam eure Sachen gepackt und seid weitergezogen, irgendwohin, wo euch niemand kennt? Warum hast du sie ausgerechnet jetzt allein gelassen?"

Er legt den Kopf schief und sieht mich beinahe entschuldigend an: „Ich will nicht mehr davonlaufen, die Zeit ist für mich vorbei, Laura. Solveig wohnt hier in der Gegend, und ich weiß jetzt, was ich will. Mein Puppentheater, du erinnerst dich? Die Vorbereitungen sind fast fertig."

„Aber ich verstehe das nicht. Woher wusste euer Vater, dass ihr hier seid? Und was wollte er von euch?"

„Unsere Tante muss es ihm verraten haben, sie ist die Einzige, die wusste, wohin wir gegangen sind. Und was er wollte? Das Gleiche wie immer: sich entschuldigen, beteuern, wie Leid ihm alles tut, dass er es nicht so gemeint hat. Ich glaube ihm kein Wort mehr. Ich habe das alles einmal zu oft gehört."

Thorben schweigt, eine endlose Weile. Dann blickt er in die Ferne.

„Roberta hat Fynn auf ihn gehetzt, und schließlich ist er verschwunden. Aber sie hat gesagt, sie fühlt sich nicht mehr sicher hier. Nirgendwo in Schweden, verstehst du? Sie hat gedroht, ihn umzubringen, wenn er es noch einmal wagt, sie anzufassen. Und ich glaube ihr."

„Ja."

Meine Antwort kommt, ohne dass ich zögere.

„Vor einigen Wochen kam ein Brief für sie mit der Zusage für ein Praktikum auf einem Forschungsschiff. Und dabei wusste ich noch nicht mal, dass sie sich beworben hatte!"

Er seufzt erneut. Es klingt resigniert.

„Sie hat davon geträumt, Meeresbiologin zu werden, seitdem sie ein kleines Mädchen war, hat sie dir wenigstens das erzählt? Sie ist noch gestern mit dem Bus zurück nach Stockholm gefahren. In einigen Tagen läuft das Schiff aus. Acht Monate hindurch nichts als Wasser. Ziemlich verrückt, wenn du mich fragst!"

Der See verschwimmt vor meinen Augen zur Unkenntlichkeit.

„Wo ist sie jetzt?"

„Ich schätze, bei unserer Mutter, um ihre letzten Sachen zu packen. Wieso?"

„Weil ich ihr nachfahren werde, darum."

„Das ist nicht dein Ernst, Laura!"

Doch, das ist es. Ich habe keine Ahnung, wie ich sie finden soll, wie ich mich zurechtfinden werde in diesem fremden Land, dessen Sprache ich nicht einmal spreche, was ich zu ihr sagen werde, um sie umzustimmen, wenn sie vor mir steht. Doch ich weiß, sie ist es wert, es zu versuchen. „Ich werde sie finden, so oder so. Also wäre es besser, du gibst mir die Adresse gleich."

Thorben zögert nur kurz, dann zieht er einen Zettel aus der Hosentasche, kritzelt etwas darauf und reicht ihn mir.

„Was wirst du jetzt machen, ohne sie?" frage ich, schon im Gehen begriffen, und dabei kraule ich noch einmal Fynns weiches Ohr.

„Nächsten Monat ist mein Theater fertig. Ich habe genug von dieser Stadt und dem Museum, weißt du?"

Er lächelt schwach.

„Wünsch mir Glück, Laura!"

Ich sehe ihn ein letztes Mal an und reiche ihm die Hand.

„Das tue ich, wirklich."

11

Kay sieht mir stumm dabei zu, wie ich meine Tasche packe. Er steht neben mir und sagt kein Wort, und dabei warte ich nur darauf, dass er den Anfang macht, denn ich kann es nicht. Ich warte eine Ewigkeit. Dann, endlich:

„Du gehst?"

„Das ist ja wohl offensichtlich!"

Ich will ihm wehtun, um den Schmerz in mir loszuwerden. Ich habe keine Lust mehr, nett oder gerecht zu sein. Nett passt nicht zu meiner Realität, wird vielleicht nie mehr passen.

„Du gehst zu deiner kleinen Freundin, oder?"

Ich erstarre. So schnell musste Nick ihr Wissen weitergeben? Und dann auch noch an Kay, anstatt, wie sonst, nur zu Gabriel zu rennen?

„Und wenn es so ist?"

Er hat mir den Wind aus den Segeln genommen. Ich bin einfach nur noch müde, so als wäre ich zu lange gerannt, ohne von der Stelle zu kommen.

„Besorgt sie es dir genauso gut wie ich? Oder fickt sie dich besser?"

Das ist nicht mehr mein Freund, der da vor mir steht, die Hände zu Fäusten geballt, die Kiefer aufeinander gepresst, sein jungenhaftes Gesicht zu einer Grimasse verzerrt.

Wortlos ziehe ich den Reißverschluss meiner Tasche zu und will mich an ihm vorbeidrängen, zur Tür hinaus. In einer Dreiviertelstunde fährt der Bus in die Stadt, und der nächste kommt erst heute Abend! Ich habe es eilig, zu eilig für Kay.

Er packt mich an den Schultern und stößt mich zurück auf das Bett, stellt sich über mich.

Seltsam, all die Monate habe ich nicht begriffen, wer er wirklich ist, und jetzt, ausgerechnet jetzt, wo ich ihn verlasse, sehe ich auf einmal klar.

Und dabei weiß ich die ganze Zeit, dass er ein Recht dazu hat, wütend zu sein. Nicht, dass es das besser macht. Trotzdem verstehe ich ihn, irgendwo in einem Teil meines Unterbewusstseins.

Seine Hand in meinem Gesicht kommt überraschend und schmerzhaft, und alles, was ich denken kann, ist, dass der Bus ohne mich fahren wird und ich sie niemals finden werde.

„Du gehst nirgendwo hin", zischt Kay zwischen den Zähnen hervor. Er lässt sich auf mich fallen und versucht, mich zu küssen und gleichzeitig seine Hand unter mein T-Shirt zu schieben. Sein Atem geht heftig.

„Verdammt noch mal, Laura, du schuldest mir was!"

Er fummelt an dem Reißverschluss seiner Hose herum, und genau in diesem Augenblick spüre ich, wie meine Kraft zurückkehrt. Ich ziehe mein Bein an und stoße ihm mein Knie in den Unterleib. Kay krümmt sich zusammen und fängt an zu heulen wie ein Baby, und ich bekomme wieder Luft. Den Augenblick nutze ich aus, um auf die Füße zu kommen, mir meine Sachen zu schnappen und zur Tür zu stürzen.

„Ich schulde dir gar nichts! Wir versuchen alle nur, unser Leben irgendwie auf die Reihe zu kriegen. Und deines hat mit meinem nicht mehr das Geringste zu tun, verstehst du?"

Kay sagt nichts mehr, er liegt auf dem Bett und wimmert. Ich drehe mich und gehe.

Nick und Gabriel sitzen auf der Treppe vor dem Haus.

„Musstest du es ihm sofort erzählen? Ich dachte, wir wären Freundinnen!"

Nick sieht mich an, der Ausdruck in ihren Augen ist kalt wie die Farbe ihres Haares.

„Sind wir das?"

Fassungslos starre ich sie an und sehe fünfzehn gemeinsame Jahre an mir vorüberziehen.

„Was ist los, Nick?" frage ich mit tonloser Stimme, doch sie zuckt nur mit den Achseln und mustert interessiert ihre nackten Füße.

„Kay tut mir Leid, das ist alles. Er hat es nicht verdient, dass du ihn so mies behandelst. Er hat dich nie betrogen oder so."

„Großartig."

Meine Stimme ist voller Sarkasmus.

„Und was denkst du?" wende ich mich an Gabriel, der unbeteiligt daneben sitzt, wie immer. Genauso unbeteiligt, wie er es war, als es darum ging, Vater zu werden. Aber das sieht Nick nicht, von Schluss machen ist keine Rede mehr. Verzweiflung kriecht in meiner Kehle hoch. Ich werde ausgeschlossen, wegen Roberta. Ist das der Vorgeschmack auf die nächsten Monate?

„Wenn du meinst, dass du das brauchst, dann ist es dein Problem", sagt Gabriel und schweigt.

„Das ist alles, was ihr dazu zu sagen habt?"

Sie schweigen und sehen mir nicht mehr in die Augen. Einige endlose Sekunden warte ich noch, dann schultere ich meine Tasche, nehme den Koffer mit meinem Saxophon und gehe. Zur Tür hinaus, ohne mich umzudrehen, immer weiter. Dabei weiß ich, dass er mir aus dem Fenster nachsieht und meint, er liebt mich noch immer, und das macht es nur noch schwerer.

Laura geht.

Und weiß nicht, ob sie dort, wo sie ankommt, überhaupt willkommen ist.

12

Ich habe Angst, als ich endlich im *Swebus* nach Rättvik sitze, von wo aus ich den Zug nach Stockholm nehmen will. Krame in meinen Englisch-Kenntnissen aus der Schule und weiß nicht einmal, ob sie ausreichen werden, um mich notdürftig zu verständigen. Nie im Leben hätte ich gedacht, dass ich Schwedisch brauchen würde, sonst hätte ich einen Kurs in der Volkshochschule belegt! Meine Mutter wäre begeistert gewesen. Überhaupt, meine Mutter …

Das schlechte Gewissen nagt an mir, schon seit Tagen. Mein Handy war bis jetzt ausgeschaltet, alles, was ich sie habe wissen lassen, war in ein knappes Dutzend nichtssagender SMS verpackt. Ich nehme mir fest vor, sie anzurufen, sobald ich aussteige.

Träge zieht die Landschaft draußen vorbei, der Nachtzug nach Stockholm geht erst in Stunden.

In wenigen Tagen werde ich achtzehn. Ob ich meiner Mutter das sagen sollte, wenn sie mir mit Vorhaltungen kommt?

Glücklicherweise sehe ich ihre Augen nicht, als ich ihre Nummer wähle. Ein kühler Wind weht auf dem Bahnsteig, und noch immer sind es beinahe zwei Stunden, bis der Zug eintrifft. Doch in dem kleinen Café in der Nähe des Bahnhofs habe ich es nicht mehr ausgehalten. Kein Bedarf heute an den neugierigen Blicken der rundlichen Kellnerin hinter der Kuchentheke, da half auch das Festhalten an der Tasse nichts mehr, in der der Kaffee längst kalt geworden war.

„Hallo?"

Ihre Stimme klingt so weit weg, es knackt und rauscht. Eine Taube spaziert über den Gehsteig und inspiziert unerschrocken die Krümel zu meinen Füßen, während ich lausche, lausche auf eine Stimme, die Hunderte von Kilometern entfernt ist und die mir einmal so nah war.

„Hallo, Mama."

„Laura!"

Ein Wort – dann schweigt sie verunsichert. Noch einmal, ein letztes Mal sehne ich mich danach, mich in ihre Arme zu stürzen und die Verantwortung für all das abzugeben wie früher: für mein Leben, für das, was morgen sein wird, für meine Gefühle. Dann ist es vorbei. Ich bin erwachsen geworden, ohne es zu merken, in den letzten Tagen. Und meine Mutter war nicht dabei. Wie soll ich ihr davon erzählen?

„Wie geht es dir?" fragt sie, zögernd, doch ohne den üblichen Vorwurf in der Stimme. Sie versteht ohne Worte, kennt mich viel besser, als ich bisher dachte.

„Es geht mir gut, Mama. Und dir?"

„Wir sind ein bisschen kaputt, weißt du, wir haben gestern bis spät in die Nacht gearbeitet. Aber sonst ..."

Sie spricht sie nicht aus, die Sorge um mich. Und ich bin ihr dankbar dafür, weil ich genau weiß, ich hätte keine Kraft für Entschuldigungen.

„Mama, ich fahre nach Stockholm, heute noch. Alleine", füge ich hinzu, weil ich sie nicht schon wieder belügen will.

„Habt ihr euch gestritten, Nick und du?"

„Ja."

Es tut gut, es auszusprechen. Ich bin so zornig auf Nick, die sich in den vergangenen Tagen von mir hat trösten lassen, nur um mich bei der nächstbesten Gelegenheit im Stich zu lassen, so zornig, dass es mir sogar gleichgültig ist, was sie jetzt von mir denkt.

„Hast du genug Geld?" fragt meine Mutter.

„Ja, ich nehme was von meinem Sparbuch."

„Für das Saxophon", denke ich und verdränge den Gedanken sofort. Meine Mutter weiß mittlerweile, wie lange ich dafür gespart habe, ich habe sie in meinen Plan eingeweiht, am Tag, bevor wir nach Schweden gefahren sind. Sie wird begreifen, wie wichtig mir die Sache sein muss, wenn ich das aufs Spiel setze.

„Ruf ab und zu mal an, ja?"

„Mache ich, Mama."

Wir zögern beide, dann legen wir hastig auf. Warum kann ich ihr nicht sagen, wie viel sie mir bedeutet?

Ich stehe auf dem Bahnhof, durch den der Wind pfeift. Es ist kalt, und die Taube ist unbemerkt verschwunden. Die Uhr zeigt an, dass erst fünf Minuten vergangen sind; sie kommen mir vor wie Stunden.

Wann haben meine Eltern begonnen, mich loszulassen? Wo sind all die Vorhaltungen geblieben, die erdrückende Enge? Sie sind so sehr mit sich und dem Gartenhaus beschäftigt, dass es beinahe schmerzt. Ich bin eifersüchtig, obwohl ich endlich besitze, wonach ich mich längst gesehnt habe: Freiheit.

In drei Tagen werde ich achtzehn.

13

Stockholm sieht aus wie jede Großstadt und doch völlig anders. Klares Sonnenlicht trotz der frühen Stunde, die Abenddämmerung ist beinahe nahtlos in die Morgendämmerung übergegangen, geblendet schließe ich meine übermüdeten Augen. Unvorstellbar in diesem Moment, der lange, dunkle Winter, der Bahnhof unter einer dichten Schneedecke verborgen. Ich weiß nicht, ob ich Stockholm jemals bei Minusgraden sehen werde, und der Gedanke macht mich traurig.

Zwischen den patinagrünen Dächern der Altbauten blitzen Glas und das Weiß moderner Architektur hervor, über allem liegt der Geruch von Meer. Wasser zu beiden Seiten der Stadt, grüne Parks dazwischen. Doch, ein Ort zum Wohlfühlen, nur nicht für mich, an diesem Morgen. Als ich langsam den Bahnsteig verlasse, kriecht die Panik in mir hoch, schlägt die Einsamkeit mit aller Macht zu. Nichts als ein Zettel mit einer Adresse in meiner Jackentasche, die einzige Spur, die mich zu Roberta führen kann. Wieder mal alles auf eine Karte gesetzt.

Es ist sechs Uhr morgens. Die Touristen-Info hat noch geschlossen, so wie alles hier, mit Ausnahme eines Fast-Food-Restaurants. Dort hole ich mir einen Kaffee, um die Nacht in dem unbequemen Abteil aus meinem Körper zu vertreiben. Auch hier, wie überall, spazieren Tauben zwischen den wenigen müden Passanten herum. Es gibt Dinge, die sind allerorts gleich. Ob mich das trösten sollte? Es funktioniert nicht. Nichts funktioniert noch wie selbstverständlich, seitdem es Roberta in meinem Leben gibt.

Ich stürze den letzten Schluck des inzwischen kalt gewordenen Kaffees hinunter. An der verriegelten Glastür der Information hängt das Plakat einer Jugendherberge, neben der Anschrift die Skizze eines Straßenplans. Ich versuche, ihn mir einzuprägen, bis meine Augen tränen. „Nur nicht die Orientierung verlieren", murmele ich zwischen zusammengebissenen Zähnen, als ich den Bahnhof verlasse und die Straße überquere. Der Griff des Saxophonkoffers schneidet schmerzhaft in meine Handfläche, während ich mich an dem Plan in meinem Kopf festhalte.

Robertas Stadt, Robertas See, Robertas Hände. Von Laura verschwindend wenig übrig in letzter Zeit.

Die Tür der Jugendherberge ist geöffnet. Von innen dringen Musik, Frühstücksgeruch und das Licht von nackten Glühbirnen in den erwachenden Morgen. Nichts könnte heimeliger sein in diesem Augenblick, und ich frage mich, ob ich am Abend hierher zurückkehren und sie gefunden haben werde. Wie werde ich in drei Jahren über diesen Juli-Tag denken? Wird er mir gleichgültig sein? Unmöglich, die Vorstellung eines Lebens ohne Roberta, jetzt und hier.

Der Mann an der Rezeption lacht mich an und sagt etwas, das melodisch und weich und für mich ungefähr so verständlich wie Chinesisch klingt. Verdammt. Ob er Englisch spricht?

Er nickt und wiederholt seine Frage.

Ob ich ein Zimmer brauche?

Der Klang bleibt der gleiche, selbst fluchen muss in dieser Sprache schön klingen. Ich fülle ein Formular aus und bleibe schon an der ersten Frage hängen. Wie viele Nächte will ich bleiben? Wie optimistisch bin ich, sie zu finden? Viel wichtiger: Wie optimistisch bin ich, dass sie mich auch tatsächlich sehen, geschweige denn bei sich haben will, falls ich sie tatsächlich finde?

Das Viererzimmer, in das mich der Mann führt, der, wie ich mittlerweile weiß, Klaus heißt, ist nur zur Hälfte belegt. Ob viele Männer in Schweden Klaus heißen? Ich traue mich nicht zu fragen. Stattdessen mustere ich das eine Etagenbett, das offensichtlich bewohnt ist. Zwei Rucksäcke lehnen am Fußende, ein Sarong ist vor die untere Matratze gespannt, so dass man nur schemenhaft unordentliche Kleidungsstücke und ein aufgeschlagenes Buch erkennen kann. Auf dem oberen Bett liegt eine Tüte mit Süßigkeiten. Das zweite Doppelstockbett ist frei, und ich klettere hinauf und lege meine Sachen auf die Matratze. Ich habe keinen Schlafsack. Klaus lässt mich allein, und ich denke mir: Es wird schon gehen, irgendwie. Eine Nacht ist kurz. Dass aus dieser kurzen Nacht mehrere werden könnten, verdränge ich. Darin habe ich Übung, mittlerweile. Gedanken nur bis zum nächsten Morgen, zum nächsten Tag, um nicht den Verstand zu verlieren.

Ich dusche in einem großen Raum mit schmalen Trennwänden. Zum Glück bin ich allein. Ich will nicht, dass mich jetzt jemand nackt sieht, selbst angezogen fühle ich mich schutzlos genug.

Als ich durch die Tür gehe, erleichtert, ohne das Gewicht von Tasche und Saxophon, ruft Klaus mir hinterher:

„Hey då."

Ich überlege kurz, dann fällt es mir wieder ein: auf Wiedersehen. Ich drehe mich noch einmal um.

„Hey då!"

Ich versuche, das Grinsen auf meinem Gesicht rechtzeitig verschwinden zu lassen. Klaus bemerkt es trotzdem und lacht mich an. Der erste Glücksmoment in dieser Stadt.

Das Einzige, was Roberta mir je über Stockholm erzählt hat, ist, dass sie als Kind mit Thorben häufig „Räuber und Gendarm" in der Altstadt gespielt hat, in den verwinkelten Gassen, in denen Autos keinen Platz haben. Ich wälze meinen Reiseführer, den ich mir gerade geleistet habe, um mir wenigstens keine Stadtpläne mehr einprägen zu müssen, und betrachte die Fotos von der auf einer Insel gelegenen *Gamla Stan* mit den Häusern in warmen Gelb- und Brauntönen, dem Kopfsteinpflaster in den engen Straßen, den mittelalterlichen Handelskontoren, den hohen Treppengiebeln. Dann schiebe ich ihn in die Innentasche meiner Jacke und mache mich auf den Weg.

Ich folge ihrer Erinnerung, den Zettel mit ihrer Anschrift sorgsam in meiner Hosentasche verborgen. Noch fühle ich mich nicht stark genug, sie zu suchen. Noch gehört der Tag allein mir und meiner Neugier.

Als ich die Altstadt erreiche, meine ich, auf jeder Treppe das Mädchen mit dem schwarzen Haar zu entdecken. Es ist so seltsam, mit ihr hier zu sein und doch ohne sie. Ich weiß, es wäre ihr nicht recht, könnte sie mich so sehen, weil sie das Gefühl hätte, ich nähme ihr etwas fort, das ihr gehört. Doch sie kann mich heute nicht daran hindern, hier zu sein, am Ort ihrer Kindheit. Etwas von ihrem Leben gehört jetzt unauslöschbar mir, der Sommer ist verbunden mit ihr für alle Zeit. Mein Sommer … Der achtzehnte.

Überall, wohin ich mich wende, Wasser, der Mälarensee auf der einen Seite, die Ostsee auf der anderen, Schiffe darauf in allen Größenordnungen. In der *Västerlånggatan* spielt ein Mädchen mit Baskenmütze Saxophon, ausgerechnet. Ich bleibe vor ihr stehen und höre einfach nur zu, und als ich die Augen schließe, ist es wieder da, das Gefühl, in der Musik aufzugehen. Etwas wartet zu Hause auf mich, etwas, das mit Roberta und dieser Reise nicht das Geringste und doch alles zu tun hat. Mein Weg liegt wieder vor mir, und auf einmal, während die tief stehende Sonne das abgegriffene

Instrument glänzen lässt, weiß ich, dass ich es schaffen werde. Ausgerechnet hier und jetzt, allein, ohne die geringste Ahnung, wohin ich gehe, habe ich plötzlich Gewissheit, und die Sehnsucht nach meinem Instrument überfällt mich wie schon lange nicht mehr.

Das Mädchen öffnet die Augen und sieht mich an, ohne mit dem Spielen aufzuhören. Ich lächle sie an, und sie lächelt zurück, mit ihren Augen, mit jedem Zoll ihres Körpers. Erneutes Glücksgefühl. Ankommen in Stockholm.

14

Ein Straßenname und eine Hausnummer, mehr steht nicht auf dem mittlerweile zerknitterten Zettel in meiner Hand. Ein rötlicher Altbau mit grünem Dach, wie so viele in dieser Stadt. Hier soll sie leben?

Die Nacht in der Jugendherberge steckt mir in den Knochen. Als meine beiden spanischen Zimmergenossinnen um halb drei ins Zimmer gestürmt kamen, ohne ihre Lautstärke zu dämpfen, habe ich mich schlafend gestellt. Bloß kein Small Talk, stattdessen Angst vor dem nächsten Tag, die mir kalt meinen Rücken hinunterlief. Ich lauschte dem Gelächter und starrte auf den Fleck an der Wand neben meinem Bett, der aussieht wie ein Drache. Als könnte ich so die Gedanken lähmen.

Meinst du nicht, sie hätte dir eine Nachricht hinterlassen, wenn sie gewollt hätte, dass du sie findest?

Ich lasse mich nicht darauf ein. Ich gebe sie nicht auf.

Ein Saxophon geistert wieder durch meinen Kopf, eine schwarze Baskenmütze auf der *Västerlånggatan*. Wie sie wohl heißt? Mit diesem Gedanken bin ich eingeschlafen.

Doch jetzt zählt nichts als dieser Morgen. Das Haus, in dem Roberta aufgewachsen ist, sieht aus wie jedes andere.

Ich bin enttäuscht. Was habe ich erwartet? Ein Schloss für ihre Kindheitserinnerungen?

Auf mein Klingeln reagiert niemand. Furcht löst erneut die Aufregung in meiner Kehle ab. Wohin soll ich gehen, wenn sie nicht zu Hause ist? Wo soll ich sie suchen in dieser Stadt?

Der Zettel in meinen Händen sieht so unbedeutend aus, bietet kaum Halt. Eine Frau spricht mich von der Seite an, sie sieht freundlich aus, ihr Haar ist grau. Ich verstehe sie nicht, doch in der Hand hält sie einen Schlüssel. Sicher will sie wissen, ob sie mir helfen kann.

Mir kann niemand helfen.

Hastig schüttle ich den Kopf, stecke die Hände in die Hosentaschen, drehe mich um und gehe. Immer die Straße entlang. Ohne zu wissen, wohin. Ob das ihre Mutter war? Sicher nicht, zu alt. Aber sie wird Roberta kennen. Ohne nachzudenken, halte ich vor einem Café an und gehe mechanisch hinein. Eine Zuflucht, wenigstens für zwei Milchkaffees.

Der Kellner steht hinter der Theke und wäscht Gläser, dabei schielt er gelegentlich zu mir herüber, und ich frage mich, ob er sich nur für mich interessiert oder gleich zu mir kommt, um mir verstehen zu geben, dass ich seinen Laden verlassen soll, wenn ich nichts mehr bestellen möchte. Das könnte ich schon noch, von dem Saxophongeld auf meinem Konto ist noch eine ganze Menge übrig. Aber wer weiß, was morgen ist? Und übermorgen? Ich bin vorsichtig. Schließlich erhebe ich mich seufzend und greife nach meiner Jeansjacke.

Er kommt näher. Seine Locken sind dicht und lang. Gut sieht er aus, und ich unterdrücke den Impuls, hineinzufassen und die Haarsträhnen um meine Fingerspitzen zu winden. Ich habe schwarzes Haar schon immer gemocht.

„*Talar du tyska?*"

Ich sehe ihm ins Gesicht, und ja, so viel verstehe ich dann doch mittlerweile:

„Ja, ich spreche Deutsch, du auch?"

Der Kellner nickt und lächelt, und ich begreife: Er ist mein Rettungsanker. Er streckt mir seine vom Spülen noch feuchte Hand hin.

„Hi, ich heiße Markus."

„Laura", nicke ich, direkt in seine braunen Augen hinein.

„Ich studiere hier in Stockholm, und du?" fragt er neugierig und mustert meinen Reiseführer.

„Ferien. Na ja, so etwas Ähnliches zumindest."

Das Licht blitzt in braunen Augenseen, wirft helle Sprenkel hinein.

Achtung, Laura, einen Schritt zurück! Verliere dein Ziel nicht aus den Auge, das Ziel, das Roberta heißt.

„So was Ähnliches?"

Wieder lacht er, und diesmal sieht es aus, als ob er überzeugt wäre, gewonnen zu haben. Ich kann die Verführung in seinen Gedanken sehen, auch wenn er es nicht ahnt; ich kann sie sehen, die Bilder, die seinen Kopf mit den schönen Locken durchziehen.

Ob ich ihm sagen sollte, dass ich lesbisch bin?

Er wäre der zweite Mensch, dem ich es sagte, gleich nach Nick. Nein, das ist dann doch der Ehre zu viel, beschließe ich.

„Ich suche jemanden", sage ich zu der Uhr an der Wand, die direkt neben seinem rechten Ohr tickt.

„Vielleicht kann ich dir helfen?"

„Vielleicht."

„Ist es ein Student?"

Wieder begehe ich den Fehler, wieder versinke ich in zu dunklen Augen. Drei Schritte zurück.

„Warum denkst du, dass es ein Mann ist?"

Markus zuckt mit den Achseln.

„Es gibt nicht allzu viele Möglichkeiten, oder?"

Er hat es geschafft. Mit dem Lachen fließen die Angst und die Vorsicht davon. Ich fühle mich leicht, auf einmal. Ein gutes Gefühl.

„Sie heißt Roberta."

Ich schmecke ihrem Namen auf meiner Zunge nach, schwer und süß und bitter wie Schokolade. Wie zu viel Schokolade. Bis nichts mehr reingeht. Und noch ein Stückchen darüber hinaus.

Siebzehn Uhr fünfzehn. Es ist dunkel draußen. Fremde, blaue Dämmerung, Nebel über dem Meer. Und noch immer kein Schiff in Sicht. Wann kommt Roberta? Kommt sie überhaupt? Blödsinn, sage ich mir, hämmere es mir in den schmerzenden Kopf. Zu viele Plastikbecher mit Kaffee aus dem Automaten in der Ecke sind schuld. Siebzehn Schritte von meinem Platz in der Wartehalle sind es dorthin, siebzehn zurück, bereits drei- oder viermal. Blödsinn, selbst Roberta kann kein Schiff anhalten, das Stockholm als Ziel hat, und wenn sie es noch so sehr wollen würde.

An diesem Ort scheint dennoch alles möglich. Ich hocke mittendrin und dröhne mir den Kopf mit dünnem Kaffee zu, ohne dass es mir gelingt, meine Gedanken heute zum Fliegen zu bringen. Bodenhaftung.

Warten auf Roberta.

15

Als ich das Café verlasse, sind die Straßen noch überfüllter als vorher. Menschen, die von der Arbeit nach Hause hetzen, mit einem unfreundlichen Ausdruck in den verschlossenen Gesichtern. Menschen mit Einkaufstüten, kleinen Kindern in Karren, Hunden. Nur ich lasse mich treiben und gehöre nirgendwo hin. Niemand wartet auf mich.

Eine Trauer, wie ich sie selten verspürt habe, fließt durch mich hindurch. Das Glücksgefühl von gestern ist verschwunden und hat nichts als einen ängstlichen Beigeschmack zurückgelassen. Was ist Roberta für mich? Der Grund, warum mein Herz fliegt, seitdem ich in Schweden bin? Der Grund, warum ich nicht mehr zur Ruhe komme des Nachts, mich von einer Seite auf die andere wälze und Drachen an den Zimmerwänden zähle? Der Grund, mein bisheriges Dasein hinter mir zu lassen, die Sicherheit, die klaren Ziele?

Reichen meine Gefühle für sie aus, heute? Im hellen Sonnenlicht, in dieser fremden schönen Stadt, ohne Rückfahrkarte? Ich weiß es plötzlich nicht mehr.

Ziellos laufe ich durch die Straßen, immer schneller und schneller, als könnte ich den Erinnerungen dadurch entkommen. Längst weiß ich nicht mehr, wo ich bin, in welcher Richtung sich die Jugendherberge befindet.

Irgendwann halte ich an mit keuchendem Atem. Vor mir liegt die Ostsee, schmerzhaft hell und glänzend. Gierig sauge ich ihren Geruch in meine Lungen, bis sie beinahe bersten. Weite, endlich. Die Gedanken kommen zur Ruhe, jetzt.

Die Liste mit Cafés in meiner Hand ist lang, Markus kennt sich aus in dieser Stadt. Dennoch weiß ich, dass sie nicht da sein wird. Was macht sie in den wenigen Tagen, bevor ihr Praktikum beginnt, bevor sie für Wochen aufs Meer verschwindet? Sicherlich nicht vor einer Schale Milchkaffee Trübsal blasen. Dennoch gebe ich die Hoffnung nicht auf. Vielleicht trifft sie sich mit Freunden von früher, vielleicht ...

Für mich ist es nur grauer Horizont, Kälte, Möwengeschrei, endlos, für Roberta bedeutet es Sehnsucht, Glück, Erfüllung: Was sucht sie im Polarmeer, was wird sie dort finden? Liebe? Wohl kaum. Eis und Einsamkeit statt Nähe. Nichts für mich. Trotzdem fühle ich die Faszination, die von dem Wasser ausgeht. Ich kann sie verstehen.

Am Nachmittag stehe ich wieder vor ihrer Tür. Rötliche Mauern, patinagrünes Dach, das Gleiche wie heute Morgen. Nur das Licht hat sich verändert. Auf mein erstes Klingeln erfolgt keine Reaktion, doch dann ertönt ein leiser Summer, und die Haustür gibt nach. Ich stehe im dämmrigen Hausflur und lausche dem Schlag meines Herzens. Schnell, viel zu schnell.

Eine Frau mit schwarzem Haar an der Wohnungstür. Sie lächelt. Schwedische Worte, melodisch, unverständlich.

„Hallo. Mein Name ist Laura. Ist Roberta da?"

Meine Antwort auf Englisch. Das Lächeln der Frau, die, ich sehe es jetzt, eine geradezu umwerfende Ähnlichkeit mit ihrer Tochter hat, wird starr.

Sie ist nicht da.

Sie drückt mir einen Zettel mit einer Adresse in die Hand, wieder einmal, dabei streicht sie sich eine dunkle Locke aus der Stirn. Die gleiche Geste, der gleiche Blick. Meine Knie drohen nachzugeben. Ich flüchte die Treppe hinunter, meinen Schatz fest in der Hand. Mein Herz droht mich zu verlassen, davonzufliegen. Ich wusste nicht, dass Sehnsucht so wehtun kann.

Kein Café, keine Bar, die Adresse gehört zu einer Privatwohnung einige Straßen weiter. Zögernd stehe ich auf dem Gehsteig und betrachte die Klingelschilder. Kein Zurück. Ein blondes Mädchen öffnet mir die Tür und sieht durch mich hindurch, ein gelangweiltes „*Hej*" auf den grellroten Lippen. Dumpfe Musik tönt aus einem Zimmer in ihrem Rücken.

„Roberta?"

Sie nickt und gibt mir den Weg in den Korridor frei. Eine sparsam möblierte Wohnung, so als würde hier nicht gelebt, sondern nur ein- und ausgegangen, Kleidungswechsel am Morgen nach einer durchtanzten Nacht. Die Einbauküche, auf die ich im Vorübergehen einen schnellen Blick erhasche, sieht aus, als wäre sie von reichen Eltern ausgesucht worden. Der Herd ist unberührt, nur die Mikrowelle und die Espressomaschine weisen Gebrauchsspuren auf. Benutzte Gläser zieren den Tisch, es riecht nach Zigarettenrauch.

Roberta sitzt im Wohnzimmer am Ende des Flures; ihr tiefes kehliges Lachen tönt weit. Ich sehe sie sofort, sobald ich im Türrahmen stehe. Links und rechts von ihr sitzen je zwei Mädchen, zu ihren Füßen hockt eine Frau mit kahl geschorenem Kopf und kindlichem Blick, auf der Fensterbank ein Paar, eng umschlungen, zwei Männer, wie ich erst nach einer ganzen Weile feststelle. Ich bleibe am Eingang stehen, die Hände in den Hosentaschen vergraben, und sehe sie an. Die, die mir die Tür geöffnet hat, geht an mir vorbei und setzt sich auf die Sofalehne, zündet sich eine Zigarette an, mustert mich prüfend. Es ist ihre Wohnung, unverkennbar, dieser besitzergreifende Blick.

Außer dem überdimensionalen Sofa nur noch ein niedriger Tisch, ein Fernseher, die Stereoanlage. An den Wänden hängen Fotografien, das einzige Persönliche hier. Durch eine geöffnete Tür kann ich in das Schlafzimmer sehen, ein großes, schwarzes Bett, ein Haufen benutzter Kleider, mehr nicht.

Nach und nach wird es still im Raum. Jemand betätigt einen Knopf, und die monotone Musik verstummt. Man hat mich bemerkt, Roberta zuletzt. Ein winziger Ruck geht durch ihren schmalen Körper, schmaler noch als sonst, eingehüllt in Schwarz. Blaue Unendlichkeit für drei Sekunden, dann lässt sie ihren Kopf sinken und stützt ihn in die Handflächen.

Die Blonde kichert, offenbar habe ich ihr Interesse geweckt. Schmallippig, zynisch, vorwurfsvoll. *Was willst du hier?* sagen ihre grünen Augen, das Gleiche fragt Robertas zusammengesunkener Körper.

Stille.

Zögernd drehe ich mich um, meine Füße setzen sich von allein in Bewegung. Weg von hier, weg von ihren Blicken. Von einem ganz besonders.

„Laura."

Sie kennt meinen Namen noch.

Ich drehe mich um. Roberta sagt etwas auf Schwedisch zu der Blonden, die mir daraufhin ein Glas Sekt reicht. Ganz kurz berühren sich unsere Hände, eiskalte Finger auf meinen. Gänsehaut, die über meinen Rücken kriecht, obwohl die warme Sommerluft durch die geöffneten Fenster dringt.

„Und?" fragt die Blonde und pustet sich eine lange, helle Strähne aus dem Gesicht. Ihr Englisch klingt seltsam. Sie hat keine Lust, sich mit mir zu unterhalten, bemüht sich aber, Roberta zuliebe. Was verbindet die beiden? Da ist etwas an der Art, wie sie sich ansehen, eine Vertrautheit, die mich ausschließt.

„Und was?"

Noch immer stehe ich unschlüssig an der Tür, das Glas in meiner Hand. Der Sekt erinnert mich an das, was ich in dem Holzhaus am See zurückgelassen habe. Nick, Kay, letzte Rückzugsmöglichkeiten in mein Leben. Nur nicht daran denken jetzt, sonst werde ich schwach.

„Was machst du in Stockholm?"

Roberta schweigt und betrachtet ihre Stiefelspitzen. Trotzdem rede ich mit ihr, die Blonde ist mir nicht geheuer.

„Ich habe dich gesucht, Roberta."

Ein dünnes Kichern, erneut, doch niemand fällt ein, und es verstummt. Eines der Mädchen auf dem Sofa zieht gelangweilt an seiner Zigarette, den Blick an die Zimmerdecke gerichtet, die andere kaut hingebungsvoll Kaugummi und schaut aus dem Fenster.

Enttäuschung vergiftet mir die Wiedersehensfreude. Zorn, stark und bitter jetzt in meiner Kehle. Vernebelt meine Gedanken, macht mich stark und frei.

Roberta steht auf und kommt zu mir herüber, atemlose Spannung in ihrem Rücken. Ich stehe, als hätte ich im Türrahmen Wurzeln geschlagen, bis ich ihre Hand auf meiner Schulter spüre, sanft und doch unnachgiebig.

„Komm mit."

In die Küche dringen die Geräusche der Straße durch die weit geöffneten Fensterscheiben. Sie schließt die Tür hinter uns und lehnt sich an die Spüle, ihre schmalen Hüften trotzig vorgeschoben.

„Was machst du hier?"

Die ganze Zeit habe ich Angst davor gehabt, dass sie diese Frage stellt, jetzt ist es, als glitte eine schwere Last von mir ab. Fast möchte ich es in den Raum schreien:

„Dich wiederhaben."

Sie lacht. Tatsächlich, Roberta lacht, und im ersten Moment denke ich, sie lacht mich aus, doch nur solange, bis ich in ihr Gesicht sehe. Darin spiegelt sich etwas ganz anderes. Freude? Sie sieht wie ein zufriedener kleiner Kobold aus.

Roberta kommt zu mir herüber und legt ihre Finger unter mein Kinn. Stromstoß in meinem Magen, mein Herz stolpert schon wieder. Bloß nichts davon nach außen, Kobolde sind leicht zu vergraulen.

Sie küsst mich mit ihren weichen Lippen, einfach so. Roberta fragt nicht, Roberta nimmt. Rücksichtslos. Und nach ihr die Sintflut.

„Du", sage ich, dann gar nichts mehr. Ankommen, mich fallen lassen, das Morgen vor die Tür gestellt. Ich atme Robertas Küsse durch meine Lungen, besinnungslos und ohne Verstand und auch noch stolz darauf. Alles, was sie mir gibt, sauge ich auf wie ein Schwamm, tränke mich für die folgenden Monate, von denen ich weiß, selbst jetzt, in diesem Moment, dass sie kommen werden, damit ich sie ertragen kann.

Ihre Zungenspitze kitzelt an meinen Lippen, ihre Finger malen zärtliche Muster auf meine Wangen. Es hat sich gelohnt, alles, jeder einzelne schmerzhafte Augenblick bis hierhin. Für diesen einen Tag, diese eine Sekunde.

Fünf Minuten später schiebt sich ein blonder Kopf zur Tür herein, erdolcht mich förmlich mit seinen Blicken. Sie hasst mich, und es ist mir zum ersten Mal egal. Ich bin einen weiten Weg gekommen; ich lache dieser abgelegten Beziehung ins Gesicht, zumindest heute.

Roberta nimmt meine Hand und hält sie fest, lässt sie nicht los, als wir das Treppenhaus verlassen, zieht mich die Straße hinunter, ohne sich um die Blicke zu kümmern. Irgendeine Mauer habe ich eingerannt. Kam ich genau in jenem Moment zur Tür herein, in dem sie sich bewusst wurde, wie satt sie dieses Leben hat? Egal. Alle Gedanken sind nun auf sie gerichtet, auf ihre Finger in meinen, ihren Körper, die Erinnerung an ihre Lippen.

„Wem gehört die Wohnung eigentlich?"

Roberta antwortet, ohne stehen zu bleiben:

„Lisa. Der Blonden", sagt sie nach einem schnellen Seitenblick auf mein verwirrtes Gesicht. „Ihr Vater hat sie ihr gekauft, weil er gehofft hat, sie würde dann endlich aus Dankbarkeit Jura studieren, so wie er. Schätze, es hat nicht ganz funktioniert."

Sie lacht leise und streicht sich die Haare aus der Stirn. Es tut weh. Trotzdem frage ich:

„Hattet ihr mal was miteinander?"

Roberta bleibt stehen und sieht mich ernst an. Hält meine Hände fest, so dass ich ihrem Blick nicht ausweichen kann.

„Das ist Ewigkeiten her, Laura. Wir sind damals in dieselbe Schule gegangen."

Langsam lässt sie los, geht weiter, vergräbt ihre Hände wieder in den Jackentaschen.

„Ich habe mich von ihr getrennt, bevor ich im Frühjahr aus Stockholm weggegangen bin. Es ging nicht anders, ich wäre sonst dabei draufgegangen."

„Warum?"

Ihre Augen sind dunkel, eine schmale Zornesfalte zieht sich von ihrer Nasenwurzel über ihre Stirn bis zum Haaransatz. Sie sieht wunderschön aus, wie sie so dasteht, die Hände in den Taschen zu Fäusten geballt.

„Weil etwas anderes in ihrem Leben wichtiger war."

„Und was soll das scin?"

Roberta seufzt und blickt auf die andere Straßenseite.

„Ach, Laura, was schon?" sagt sie ungeduldig, „sie nimmt Drogen. Kokain, wenn du es unbedingt genau wissen willst."

Ihr Gesicht ist verschlossen. *Meine Vergangenheit geht dich nichts an,* drückt jeder Zoll ihres Körpers aus.

Hilflos bleibe ich stehen. Sie mustert mein Gesicht abwartend, konzentriert, so als sähe sie es zum ersten Mal. Eine Ewigkeit, dann nimmt sie die Hände aus den Taschen, lächelt und fährt mit der Rückseite ihres Zeigefingers vorsichtig über meine Wange.

„Das ist vorbei, verstehst du?" sagt sie leise, „Lisa ist Vergangenheit."

Ich lehne mich in ihre Berührung und schließe für eine Sekunde die Augen.

Und das Morgen vor die Tür gestellt.

16

Roberta zieht mich durch Stockholm, als wollte sie mir an einem einzigen Tag alles zeigen, alles nachholen. Dabei will ich eigentlich nur eines: sie ansehen. Nicht so, wie sie jetzt ist, eingehüllt in schützende Jeans und T-Shirt, die Füße in schweren Stiefeln. Ich will sie ganz sehen, wenigstens noch ein einziges Mal, nackt. Doch schließlich gebe ich es auf, lasse mich treiben, vorbei an den rötlichen Häuserfronten, über Plätze und Straßen. Ein leichter Wolkenschleier hat sich vor die Sonne geschoben, versteckt das klare Licht. Ich lausche Robertas Erklärungen und beobachte gleichzeitig die Möwen über dem Wasser, versuche, mir den Augenblick einzuprägen, ihre Nähe, ihre Finger in meiner Hand, ihr Lächeln, ihren schlanken Körper neben meinem, der sich durch die Stadt schiebt.

Irgendwann, als wir in einer Studentenkneipe vor einem Milchkaffee und einem Teller mit Essen sitzen, den mein Magen hartnäckig verweigert, wage ich es dann doch, stelle die entscheidende Frage:

„Wann geht dein Schiff?"

„In drei Tagen."

Eiseskälte breitet sich in meiner Brust aus. Längst habe ich den Boden unter den Füßen verloren. Keine Kraft mehr übrig, mich dem zu widersetzen.

Drei Tage … Und dann? Zurück in ein zu klein gewordenes Leben? Abitur, Aufnahmeprüfung, Schritt für Schritt, um nicht wahnsinnig zu werden? Jede Nacht die Angst vor ihrem Gesicht in meinen Träumen? Das „Nein" bereits in meiner Brust, das bin ich längst nicht mehr. Doch niemand ist da, um es zu hören.

„Wie lange bleibst du fort?"

Roberta dreht sich eine Zigarette, ihre ganze Aufmerksamkeit auf ihre Fingerkuppen gerichtet. Erst als sie sich ihr Werk zwischen die Lippen geklemmt und angesteckt hat, antwortet sie.

„Acht Monate ungefähr."

Sie inhaliert den Rauch, als hinge ihr Leben davon ab.

„Das ist meine absolute Chance, verstehst du, Laura? Genau das habe ich immer gewollt: eine Auszeit vor den endlosen Jahren an der Uni, eine Auszeit, die mich weiterbringt!"

Sie sagt es nicht, doch ich höre es trotzdem: Mit mir im See zu schwimmen bringt sie nicht weiter. Nicht so, wie Roberta sich das denkt. Sie ist ehrgeizig, wer hätte das gedacht?

„Ich verstehe."

Die kalt gewordenen Reste auf meinem Teller verschwimmen vor meinen Augen, so angestrengt starre ich darauf. Bis ihre Hand unter mein Kinn fasst und mich sanft dazu zwingt, sie anzusehen.

„Wir leben heute, oder, Lauralyn?"

Ich versuche zu nicken, aber ihr Griff ist zu fest. Ihre Haut auf meiner Haut.

„Jetzt ist jetzt, und in drei Tagen ist in drei Tagen."

So, wie sie es sagt, stimmt es. Und ich bin bereit, ihr alles zu glauben.

Alles.

Spät abends stehen wir vor ihrer Haustür, ihr Schlüssel im Schloss, meine Finger noch immer vergraben in ihrer Hand. Sie fragt nicht, sie hat die Antwort längst in meinen Augen gelesen. Ende der Bodenhaftung, das Gehirn ausgeschaltet.

Ihre Mutter ist nicht zu Hause, Dunkelheit in fremden Zimmern, und dann schließt sie die Tür hinter uns, und ich bin endlich da. Angekommen im Jetzt. Endstation.

Robertas Kindheit in Walpostern an den Wänden, ihr Teddybär auf dem Kissen, unverändert, seit Jahren.

„Willst du etwas trinken?"

„Ja. Dich."

Leises Lachen, das über meine Haut wandert, ihre Lippen küssen ihre Begrüßung auf meinen Mund. Mit geschlossenen Augen lausche ich auf ihren Atem, bis es zu viel wird.

„Ich kann das nicht ertragen."

Wieder dieses Lachen, an meiner Brust jetzt.

„Du kannst, Laura. Und noch viel mehr."

Wenn sie es sagt, muss es stimmen. Keine Drachen heute Nacht an den Wänden, keine Träume in dunkelblau. Nur sie und immer wieder sie, bis ich vor Erschöpfung weine, Hunger zwischen meinen Schenkeln. Sehnsucht im Bauch, schon jetzt.

Dann der Morgen. Er nimmt Besitz von ihrer Fensterbank, ihrem alten Schreibtisch, unseren zerwühlten Laken. Ich bin hellwach, obwohl wir erst vor kurzem eingeschlafen sind. Mein Geburtstag. Mein achtzehnter.

Und niemand weiß davon außer mir. Keine Kerzen, keine Geschenke, keine Karten diesmal. Stattdessen sie.

Robertas Kopf liegt auf den Armen, ihre schwarzen Haare weich auf dem Kissen. Ich fühle mich ausgeruht und hellwach, unmöglich, wieder in den halben Schlaf zurückzugleiten, zu kostbar der Augenblick.

„Ich liebe dich", sage ich zu ihrem schlafenden Nacken, ihrem Rücken, ihren Händen. Sie hört es nicht, doch es ist mir egal. Ich muss es sagen, immer wieder, sonst platze ich. Will es hinausschreien in den beginnenden Tag und kann doch nicht, darf doch nicht, um sie nicht aus diesem Frieden zu wecken. Noch immer habe ich Angst, noch immer ist es möglich, dass sie geht.

Um acht Uhr schleiche ich mich in die Küche. Spuren zeugen von einem hastigen Frühstück. Ihre Mutter? Sie muss zur Arbeit gegangen sein, vor Stunden schon, der Kaffee in der Maschine ist kalt.

Ich setze neuen auf, eine ganze Kanne voll. Nehme zwei dunkelblaue Becher aus dem Schrank, fülle sie bis zum Rand und komme mir für eine Sekunde wie eine Einbrecherin in ein fremdes Leben vor.

Roberta erwacht, als ich ihr den dampfenden Becher vors Gesicht halte. Sie seufzt und dreht sich auf den Rücken, verschränkt die Arme hinter dem Kopf, sieht mich an. Prüfend, ohne die geringsten Anstalten, den Becher zu nehmen.

Ich schweige. Was soll ich ihr sagen?

Ein Lächeln erscheint auf ihrem Gesicht.

„Hallo", sagt sie und mustert mich, „hallo", wiederholen ihre Lippen auf meinen. Der Kaffee schwappt über das Laken.

Ihre Finger wandern über mein Rückgrat, kaum spürbar, mein Bauch revoltiert. Die Tränen kann ich nicht mehr aufhalten.

„Was ist mit dir?"

Ich beiße mir auf die Lippen, bis ich Blut schmecke, bitter und metallisch. Wie viel Nähe kann Roberta ertragen?

Schweigend küsse ich ihre Fingerspitzen, lasse heißen, schwarzen Kaffee durch meine Kehle rinnen. Danach die Dusche, Lebensretter. Zuerst heiß, bis es wehtut, und dann eiskalt, bis der Kopf wieder klar wird und die Gedanken fliegen.

Am Nachmittag, als wir in einem Café sitzen, erzähle ich ihr dann doch von meinem Geburtstag. Wir stoßen an, mit einem Glas Wein, eigentlich ist es dafür viel zu früh am Tag, aber die Vernunft kann mir meine gute Laune heute nicht verderben. Ich frage mich, warum Geburtstage nicht immer so sein können, so spontan und zwanglos. Roberta lächelt und streicht mir eine Haarsträhne aus dem Gesicht.

„Dann wäre es ja nichts Besonderes mehr, Laura!"

Wir kehren zurück in unsere Wohnung, selbst die vielen Sehenswürdigkeiten können mich heute nicht locken, sie sind nichts gegen ihre Hände auf meiner Haut. Hochgefühl, für kurze Zeit – ich bin erwachsen, achtzehn, endlich.

Und dann wieder die Verzweiflung, als ich die Stunden zähle, die uns noch bleiben und zusehends weniger werden. Nein, wir verlassen ihr Bett heute nicht mehr. Der Hunger nach ihren Berührungen droht mich zu überrollen. Er wird nicht gestillt, sondern stärker, mit jeder Minute, die wir zwischen den Laken verbringen.

Was, wenn es nie genug ist?

Schleichende Panik in meiner Magengrube.

Roberta spürt, dass etwas nicht stimmt, sie hebt den Kopf, der bis dahin auf meiner Brust gelegen hat, und sieht mich fragend an. Ich versinke erneut in dem Blau, dem ich nichts entgegenzusetzen habe.

Ich muss sie haben, ihre Antwort. Jetzt. Bevor der Abschied kommt. Und wenn sie „nein" lautet, zu mir, zu uns, werde ich diejenige sein, die noch in derselben Stunde geht. Eine allerletzte Chance, nicht allzu tief verletzt zu werden. Narben zwar, doch keine lebensgefährliche Wunde.

Sie kämpft, sie schweigt, ihre Augen dunkler als je zuvor. Endlich ihre raue, leise Stimme in die Stille in der Wohnung: „Ich liebe dich, Laura. Ich kann dir nicht versprechen, dass alles gut wird, ich kann diese Chance nicht aufgeben deinetwegen. Aber ich liebe dich."

Ich erwache, kurz bevor sich die Nacht erneut verabschiedet. Starre auf die rotleuchtenden Ziffern des Weckers. Versuche, mir die kommenden acht Monate vorzustellen. Ohne sie. Nur die Erinnerung an das Bild ihres schlafenden Körpers neben meinem als Halt.

Ich betrachte sie, ihren Mund, der heute weich und entspannt wirkt, nicht trotzig verzogen. Keine Gegenwehr mehr, selbst, als sie die Augen aufschlägt.

„Was denkst du, wenn du mich so ansiehst, Laura?"

„Ich frage mich ..."

Ich weiß nicht weiter. Sie streicht mir das Haar zurück und sieht mich unverwandt an.

„Was fragst du dich?"

„Ob diese Reise nicht eine Fluchtmöglichkeit für dich ist. Vor mir, vor uns. Du gehst dahin, wo ich dich nicht erreichen kann, nicht wahr?"

Meine Stimme ist immer leiser geworden und verstummt schließlich ganz. Ihre Hand an meiner Wange ist fort, und für eine Sekunde fröstele ich. Dann ist sie wieder da, sanfter als vorher, unter meinem Kinn. In Robertas Blick liegt kein Zorn. Stattdessen ihre erschöpfte Antwort:

„Nein, Lauralyn, keine Flucht diesmal. Ich versuche nur, einen Traum zu verwirklichen, für den sich mir endlich eine Chance bietet."

Der Abschiedsmorgen kommt viel zu schnell. Der Himmel draußen vor den Fenstern ist blau und strahlend. Zweisamkeit neben gepackten Koffern am Frühstückstisch, ihre Mutter ist bereits vor Stunden zur Arbeit im Krankenhaus verschwunden. Ich weiß nicht, ob ich froh darüber sein soll, dass ich ihr nicht mehr begegnet bin.

„Hasst du sie, weil sie nichts bemerkt hat?"

„Nein. Das ist vorbei, Vergangenheit. Sie lebt ihr eigenes Leben, genau wie ich. Ich will damit nichts mehr zu tun haben."

„Aber ..."

„Nein, Laura", unterbricht sie mich bestimmt. „Ich habe sie gehasst, beide. Sie, weil sie nie da war, ihn, weil ich ihm nicht entkommen konnte. Ich habe versucht, mit diesem Wissen zu leben, aber es hat nicht funktioniert. Ich bin hart und verbittert geworden. Ich will das nicht mehr, verstehst du? Dafür ist kein Platz mehr in mir. Ich versuche es zu vergessen."

Sie dreht sich eine Zigarette und steckt sie sich zwischen die Lippen, und ich betrachte ihr Gesicht und weiß nicht, ob das geht, das Vergessen, weder für sie, noch für mich.

Ein letzter Kaffee, dann verschwindet Roberta im Nebenzimmer und kommt mit einem Instrument wieder. Mein altes Saxophon, sie hat es ausgepackt. Für Tage und Nächte stand es vergessen in der Ecke, jetzt ist es da, und in Sekundenschnelle begreife ich, was sie von mir will. Ich weiß nur nicht, ob ich bereit dafür bin.

„Ich will, dass du spielst. Ich will dich hören, wenigstens einmal."

Ich stürze mich Hals über Kopf hinein in eine Melodie von John Coltrane, die ich tausendmal gespielt habe und im Schlaf beherrsche. Nur nicht nachdenken, stattdessen spielen, sich in den Tönen verlieren, mit geschlossenen Augen. Vertrauter Boden für mich, zumindest für ein paar Minuten. Und dann die Überraschung: Es ist richtig, für sie zu spielen, in diesem Augenblick. Mit jeder Note kehrt ein wenig mehr von der alten Zuversicht zurück.

Du wirst es schaffen. Du wirst es überleben, du hast Zeit. Acht Monate, was spielen die schon für eine Rolle? Du kannst warten.

Ein erneutes Ankommen in dieser kurzen Zeit, tröstliche Gewissheit. Woher hat sie es gewusst?

Ich bringe sie zum Schiff, natürlich. Sie hält mich in ihren Armen, bis die Sirene unerbittlich zum letzten Mal ruft.

„Ich muss gehen."

„Ich weiß."

Dennoch macht sie keine Anstalten, mich loszulassen.

„Mach's gut, Lauralyn. Pass gut auf dich auf. Wir telefonieren, okay?"

Ich nicke stumm und verbanne die salzigen Tränen zurück in meine Kehle.

Später.

Als das Schiff den Hafen verlässt, bleibt das Bild ihres Gesichtes, traurig lächelnd. Ich bin die Einzige, die so lange stehen bleibt, die anderen sind längst gegangen. Passend, die Einsamkeit jetzt, dennoch fühle ich mich nicht verloren, als ich mich schließlich auf den Weg zum Bahnhof mache.

17

Eine Woche später hat der Alltag mich wieder. Rückkehr in das Haus im Rosenweg, als wären die Tage in Stockholm nicht mehr als ein Traumgespinst gewesen.

Mein Herz rast, sobald ich an sie denke. Lange werde ich das nicht durchhalten können. Und dann? Flucht in die Musik? Ein Ticket zurück? Es gibt kein Zurück für die nächsten Monate. Dort, wo Roberta ist, kann ich sie nicht erreichen. Mir bleibt nur die Erinnerung.

Der Spätsommer legt sich ins Zeug, als wollte er die Melancholie in mir wettmachen. Die Sonne strahlt mit dem Blitzblau des Himmels um die Wette und wärmt mir den Rücken auf dem Weg zum Saxophonunterricht. Ja, ich habe wieder angefangen, nach der langen Pause der Sommerferien. Meine Lehrerin hat kein Erbarmen mit mir. Sie merkt sofort, wenn ich nicht bei der Sache bin. Dabei übe ich zu Hause wie eine Besessene, um meinen Gedanken zu entkommen. Doch sobald ich das Saxophon abends aus der Hand lege, geht es wieder los: Ich kann ihre Augen nicht wegdenken.

Durchhalten, Laura. Nur noch siebeneinhalb Monate.

Und dann?

Ich weiß es nicht.

Nick schweigt sich aus. Da hilft nur Flucht. Ich verbringe so wenig Zeit wie möglich in der Schule, komme als Letzte und gehe als Erste. Den Bus meide ich, stattdessen habe ich mein altes Fahrrad auf Vordermann gebracht. Die Bewegung tut mir gut, bei jedem Wetter. Ablenkung für meinen Körper, wenigstens für eine, manchmal auch für zwei Stunden am Tag, immer dienstags und donnerstags. Trotzdem weiß ich nicht, ob ich es aushalte. Wenn die Musik nicht wäre …

Die Nacht, ihr kann ich nie entkommen. Zum Glück sieht in der Dunkelheit niemand, wie ich heule. Mein altes Suchtmittel kann mir nicht helfen in dieser Stunde, das Instrument liegt im Koffer, weil meine Eltern zwei Türen weiter schlafen. Ich halte mich an einer Zigarette fest, Erinnerung an Roberta. Meine Mutter schimpft jeden Morgen, wenn sie den abgestandenen Rauch riecht, doch jede Abwehr gegen meine neue Leidenschaft ist zwecklos.

Ich sitze unter meinem weit geöffneten Dachfenster und zähle die Sterne, finde wieder mal kein Ende. Niemand, der mich ins Bett bringt und die Einsamkeit vertreibt heute. Der Gedanke an ihre hellblauen Augen, mehr als ich ertragen kann. Keine Möglichkeit, zu entkommen, sich in den Schlaf zu flüchten. Da hilft nur der Gang nach unten, in die verlassene Küche. Auf dem Kühlschrank die Flasche Wein, die meine Mutter heute Abend angebrochen hat, sie ist noch zu drei Vierteln voll, schließlich muss sie morgen arbeiten, ihre Disziplin ist ihr heilig.

Keine Zeit für ein Glas, ich nehme die ganze Flasche mit hinauf und setze mich im Schneidersitz wieder unter das Fenster, auch wenn mir langsam lausig kalt wird, man spürt, dass der Herbst kommt. Ich brauche die Luft in meinen Lungen, um nicht zu ersticken an dem Klumpen Sehnsucht in meiner Kehle.

Der Alkohol ist stark und schwer, genau das Richtige jetzt, er geht rasch ins Blut. Ich will nichts mehr denken, nichts mehr fühlen. Schalte den Kopf aus und lasse mich fallen. Nur noch schlafen, traumlos. Gleichzeitig spüre ich die Angst, ihr Gesicht zu vergessen, wenn ich sie nicht mehr in meinen Träumen sehe.

Ich lasse den Tränen freien Lauf, und endlich löst sich die Anspannung. Die leere Flasche rollt über den Teppich davon und malt ein dunkelrotes Tropfenmuster darauf. Es ist so einfach in diesem Augenblick, loszulassen, dass ich mich fast daran gewöhnen könnte. Der Nebel in meinem Kopf macht selbst meine Angst weich und erträglich, und erst als die Sterne beginnen, sich zu drehen, signalisieren mir meine Sensoren Gefahr, merke ich, wie ich den Boden unter den Füßen verliere.

Was machst du mit mir, Roberta?

Es gibt kein Zurück in ein altes Laura-Leben mehr; der Sommer steht zwischen mir und meinem Seelenfrieden. Meine Erinnerung weicht keinen Zentimeter zur Seite.

Ich brauche dich.

Roberta hört mich nicht. Sie jagt im Polarmeer ihrem Traum hinterher. Am Telefon klingt sie fremd, entspannt und glücklich. Ein leiser Stich der Eifersucht, trotz allem.

Plötzlich ihre Stimme in der Dunkelheit:

„Pass gut auf dich auf, hörst du?"

Sie ist da, immer noch. Sie hat es ernst gemeint, diesen Satz, den sie mir zum Abschied mitgegeben hat. Keine Floskeln, vielleicht hat sie Stunden wie diese bereits in meinen Augen gelesen.

Sie schafft es tatsächlich, dass ich ins Bett wanke. Mir die Decke über den Kopf ziehe, die Augen fest geschlossen, bis die Welt ausgesperrt ist. Ich weiß, was ich tun werde, um nicht verrückt zu werden vor lauter Sehnsucht: Ich werde mir das Saxophon kaufen.

Morgen.

18

Der nächste Tag beginnt mit Nebel, kein schöner Auftakt für mein großes Vorhaben. In dem Viereck über meinem Bett jagen schwere Regenwolken über den Himmel, passend zu dem Gewittersturm in meinem Kopf. Mir ist eiskalt, und mein Körper fühlt sich steif und wie zerschlagen an von der Nacht auf dem Teppich.

„Hast du keinen Hunger?"

Meine Mutter ist unverkennbar besorgt.

Doch. Auf himmelblaue Augen.

Schweigend fliehe ich vor weiteren Fragen und nehme zwei Aspirin mit. Ein bisschen ist es noch immer, als ob ich mich unter Wasser befände, die Konturen und Geräusche des Tages sind gedämpft. Dennoch reiße ich mich zusammen und zwinge mich unter die heiße Dusche, bis ich wieder das Gefühl habe, dass mein Körper zu mir gehört. Den Rest des schalen Nachgeschmacks spüle ich mit einem Becher Kaffee runter, bitter und so heiß, dass ich mir die Zunge verbrenne.

Musik als letzte Fluchtmöglichkeit, wie oft war das so in den letzten Jahren? Doch ich sperre die Vernunft aus, verdränge die Gedanken an mein Sparbuch. Was jetzt zählt, ist allein dieses verrückt schöne Instrument, das in der Stadt auf mich wartet, seit Monaten schon.

Ich nehme den Bus, allein, nur mit Roberta würde ich diesen Tag teilen wollen. Es beginnt zu regnen. Zum zweiten Mal wird mir bewusst, dass der Herbst kommt und auch dieser Sommer nicht ewig dauern wird. Ich betrachte mein Spiegelbild in der staubigen Scheibe, die Häuserlandschaften, die vorüberziehen. Ich fühle mich zerrissen zwischen Euphorie und einer diffusen Trauer. Dauerzustand, seitdem es sie in meinem Leben gibt.

Als sich der Bus der Innenstadt nähert, gewinnt die Aufregung die Überhand. Am liebsten würde ich aussteigen und rennen, so sehr habe ich plötzlich Angst, dass mir jemand im letzten Augenblick das Saxophon vor der Nase wegschnappt. Doch es ist noch da, schon von weitem sehe ich es im Schaufenster, als ich die Straße hinunterlaufe. Mein Herz schlägt wie verrückt, als wollte es mich davon abhalten, im letzten Moment kehrtzumachen.

Die Verkäuferin mit den dunkelblonden Rastazöpfen nimmt das Instrument aus dem Fenster und reicht es mir vorsichtig. Beinahe bin ich eifersüchtig, dass sie es zuerst berühren darf.

Laura, du spinnst.

Ich kann schon wieder Robertas Stimme in meinem Kopf hören und grinse gedankenverloren. Die Verkäuferin lächelt freundlich zurück. Sie denkt wahrscheinlich, mein Gesichtsausdruck rührt von meiner Begeisterung her, doch die steckt ganz woanders, viel tiefer, wo sie niemand sieht. Ich habe zu lange auf diesen Augenblick gewartet.

Doch als ich den Laden verlasse, weiß ich plötzlich nicht, wohin mit all der Energie, die durch meinen Körper strömt. Wieder einmal wird mir bewusst, wie weit Roberta eigentlich weg ist, unerreichbar für meine Sehnsucht. Was würde sie sagen, jetzt? Vielleicht nichts, weil dieses Wahnsinnsgefühl keine Worte braucht. Vielleicht würde sie vorsichtig mit dem Zeigefinger über meine Wange streicheln und mich ansehen mit dieser Zärtlichkeit, die ihre Augen dunkel färbt. Lächeln. Und dann doch fragen: „Glücklich, was?"

Ja.

Der Koffer mit dem Saxophon in meiner Hand wird immer schwerer, der Regen durchweicht mein Haar. Und ich stehe einfach da und denke an sie, vermisse sie so sehr, dass all die Freude von diesem Gefühl geschluckt wird.

Nur noch ein paar Monate. Meine Füße setzen sich wie von allein in Bewegung. Das Gefühl des Ankommens, das ich jetzt brauche, das gibt es in dieser Stadt nur an einem Ort.

Ich bin lange nicht dort gewesen, seit meiner Rückkehr aus Schweden haben wir nur telefoniert, doch als ich mich jetzt der alten Villa nähere, weiß ich bereits: Es wird keine Vorwürfe geben, nicht an diesem Ort.

Seit einigen Monaten habe ich meinen eigenen Schlüssel, und ich höre die Musik, sobald ich die Haustür einen Spalt breit öffne. Romina, die Malerin aus Argentinien, hört ihre Tango-Platten, wie beim letzten Mal. Schon als Kind habe ich sie von allen Mitbewohnerinnen hier am liebsten gemocht. Sie hat mich bereits wie eine Erwachsene behandelt, als alle anderen noch nicht einmal daran dachten, mich um meine Meinung zu fragen:

„Laura, was denkst du. Ein bisschen mehr Rot oder ein bisschen mehr Blau am rechten Bildrand?"

Ich saß auf einem Hocker, trank heiße Schokolade und sah ihr dabei zu, wie sie mit vollem Körpereinsatz die Leinwand füllte.

„Rot, und dafür das Blau dort unten?"

Sie folgte mit den Augen meinem ausgestreckten Zeigefinger, auf dem ein Farbklecks trocknete.

„Meinst du wirklich?"

Sie trat einen Schritt zurück und kniff die Augen prüfend zusammen.

„Weißt du was, Liebes? Ich glaube, du hast Recht!"

Sie stellte den alten Plattenspieler noch etwas lauter und kehrte konzentriert an die Arbeit zurück. Eine seltene Zufriedenheit durchströmte mich. Ich war wichtig, auf eine Art und Weise,die ich bereits damals sehr gut verstand.

Die Erinnerung überkommt mich, als ich im dämmrigen Flur stehe, sie ist noch immer in meinem Kopf, als Hannah mir ihre Tür öffnet. Ich muss damals etwa elf oder zwölf gewesen sein.

„Komm rein, Laura!"

Die Stimme meiner Großmutter klingt barsch, aber ich kann ihre Aufregung dahinter spüren und muss lächeln. Ich habe ihr so oft von dem Saxophon erzählt, dass es ihr beinahe ebenso gehört wie mir.

Ich folge ihr ins Wohnzimmer. Hannah sieht mich nicht wirklich an heute, als ich ihr gegenüber auf dem Sofa Platz nehme. Ihr Blick ruht auf dem schwarzen Koffer auf meinem Schoß. „Spiel!" sagen ihre Augen, auch wenn ihre Lippen schweigen. Verständigung ohne Worte und eine geteilte Begeisterung, als ich die ersten Töne aus dem Instrument hervorlocke. Seine Melancholie und sein Klang passen perfekt zu meiner Stimmung, und plötzlich weiß ich:

Ich spiele nicht nur für Hannah, für mich oder Romina nebenan, eingehüllt in den Rauch ihres Zigarillos, die ihre Tango-Musik abgestellt hat und jetzt lauscht. Nicht nur für den Herbstregen, der draußen die Konturen verschwimmen lässt. Vor allem spiele ich für Roberta und meine Sehnsucht nach ihr, die mir heute erneut den Atem nimmt.

19

Ich ergattere einen Job als Kellnerin, im *Justin*, ausgerechnet. Hoffnung für mein leer geräumtes Sparbuch. Gleich am darauf folgenden Samstag fange ich an. Ich habe ein mulmiges Gefühl in der Magengegend, als ich zum ersten Mal die Schürze umbinde und hinter dem Tresen stehe. Der Nachmittag ist jedoch ungewöhnlich ruhig, nur eine Gruppe Studenten und zwei Paare bevölkern den Raum. Als ich anfange, mich zu entspannen und Spaß an der Sache zu haben, traue ich mich endlich zu fragen. Der magere Kellner mit dem traurigen Lächeln ist fort.

„Er geht jetzt auf die Schauspielschule in Leipzig. Wusstest du das noch nicht?"

Ich könnte Stephan, den Besitzer des *Justin*, küssen, obwohl ich seinen Bauchansatz und seine schwarz gefärbten Haare eigentlich ziemlich abstoßend finde. Aber das Glücksgefühl, das mich jetzt bei dieser Nachricht durchströmt, ist einfach unbeschreiblich. Ich habe mir schon die wildesten Sachen ausgemalt, was er sich aus Trauer um seine begrabenen Träume vom Film angetan haben könnte, stattdessen macht er sich aus dem Staub und wird tatsächlich Schauspieler, einfach so! Es lohnt sich also doch, das Träumen.

Am Dienstag, meinem dritten Arbeitstag, betritt Nick das *Justin*. Es ist voller Schüler, so dass sie mich nicht gleich sieht, wahrscheinlich hätte sie sonst auf dem Absatz kehrtgemacht. Ich beobachte sie, wie sie allein am Tisch sitzt, an dem wir so oft gemeinsam Milchkaffee getrunken und die Leute auf der Straße beobachtet haben. Sie sieht verloren aus.

Warum muss es so sein? Warum teilt sich mein Leben in eine Zeit vor und eine Zeit nach Roberta?

„Hi."

In dem Moment, wo sie aufsieht, blitzt in ihren Augen für eine Sekunde so etwas wie freudige Überraschung auf, ehe die mittlerweile vertraute Ablehnung zurückkehrt.

„Was tust du hier, Laura?"

„Ich arbeite."

Das Blau ist aus ihren Haaren verschwunden. Stattdessen blonde Strähnen, die sie erwachsener wirken lassen, und neue Ohrringe, die ich schon einmal gesehen habe, in einem Schaufenster des Juweliers ein paar Straßen weiter. Wahrscheinlich trägt sie mein komplettes Monatsgehalt an ihren Ohren spazieren, mindestens. Ihr Vater muss mal wieder ein schlechtes Gewissen gehabt haben.

„Das sehe ich. Ich meinte eher: warum?"

„Weil ich Geld brauche. Ich habe mir mein Saxophon gekauft, erinnerst du dich?"

Sie zuckt mit den Schultern, und ich begreife: Es interessiert sie längst nicht mehr, mein Leben. Was passiert ist, lässt sich nicht auslöschen, nur weil wir einmal beste Freundinnen waren. Sie hat mich längst aus ihren Gedanken gestrichen, aufgehört, neugierig zu sein auf das, was ich denke.

Und noch etwas begreife ich in jenem Augenblick: Sie versteht nicht, was es heißt, kein Geld zu haben. Für etwas hart zu arbeiten, weil man sich so sehr danach sehnt, dass man sich nicht mehr vorstellen kann, ohne es zu existieren. Sie wird dieses Gefühl nie haben, nicht mit diesem Vater. Und mehr noch: Sie hat verlernt, sich nach etwas zu sehnen. Ich höre es an ihrer Stimme. Sie gibt sich keine Mühe, es zu verbergen.

„Schön für dich."

Sie steht auf, nimmt ihre Tasche, und ich begreife, dass sie mich stehen lassen wird, einfach so. Ich versuche, mich gegen den Schmerz zu wappnen, der dann seltsamerweise doch nicht kommt, selbst als sie den Mund erneut öffnet:

„Weißt du, Laura, ich denke, ich gehe jetzt besser. Und tu mir den Gefallen und sprich mich nicht mehr an, wenn wir uns noch mal zufällig irgendwo begegnen sollten, ja?"

Ich sehe, wie ihre perfekt geschminkten Lippen sich öffnen und schließen, höre ihre Worte. Will den Sinn dennoch nicht begreifen.

„In ein paar Monaten haben wir unser Abi, dann gehe ich ohnehin nach London an die Kunsthochschule. Und weißt du was? Ich bin froh, wenn ich dieses Kaff nie wiedersehen muss!"

Sie meint es genau so, wie sie es sagt. Ich erkenne es an dem Triumph in ihrem Blick, doch ich tue ihr den Gefallen nicht. Ich schweige.

Ich würde niemals mit dir tauschen wollen, Nick.

Denke es und halte meinen Mund, um keine Wahrheit hindurchzulassen, die sie ohnehin nicht erreichen würde. Ich drehe mich um und kehre zurück hinter die Bar, und jetzt bin ich diejenige, die sie stehen lässt, einfach so.

Vor diesem Sommer hätte sie von mir die heftige Reaktion bekommen, die sie erwartet. Doch jetzt? Sie ist bereits viel zu weit weg von mir und meinen Gefühlen.

Endlich dreht Nick sich um, wirft den Kopf trotzig in den Nacken und verlässt die Bar. Ich beobachte ihre schmale Silhouette auf dem Bürgersteig, ihre Frisur, die vom Wind zerzaust wird.

Ich weiß: Ich werde sie nicht mehr wiedersehen, sobald wir das Schulgebäude, das wir so viele Jahre hindurch morgens gemeinsam betreten haben, zum letzten Mal verlassen haben. Und es ist gut so, wie es ist.

Als ich nach Hause komme, endlich die Gewissheit: Die Wahrheit muss heraus, sie duldet keinen Aufschub.

Meine Eltern sitzen in der Küche, und ich erzähle ihnen von Schweden, mit schonungsloser Offenheit, Nicks Blick spüre ich dabei noch immer in meinem Rücken. Und wenn ich sie auch verliere, wenn ihre Reaktion ähnlich ist?

Zu spät für solche Überlegungen. Und falls sie mich rausschmeißen sollten, gibt es immer noch die alte Villa am Stadtrand, die auf mich wartet. Hannah kennt Robertas Namen längst, keine Verurteilungen aus dieser Richtung, wie erwartet.

Mein Vater schweigt sich aus, wie immer, kein Wunder, wo ihn doch schon ein Alltagsgespräch mit mir überfordert. Meine Mutter ergeht sich in betont munteren Floskeln, die verraten, wie verunsichert sie ist.

Nach einer Weile lasse ich sie allein und nehme das Telefon mit. Bevor ich die Tür meines Zimmers hinter mir schließe, höre ich, wie sie diskutieren, lautstark. Verwunderung, für einen Augenblick – seit wann wird in unserem Haus offen gestritten?

Es klingelt, und eine fremde Stimme antwortet auf Schwedisch. So viele Wörter habe ich mittlerweile aufgeschnappt, dass ich mich nach Roberta erkundigen kann. Es wird still, ich schließe die Augen und warte, lausche auf die Geräusche des Schiffes am anderen Ende, das Knacken des Funktelefons. Wie der Himmel wohl aussieht bei ihr in diesem Moment, das Meer, wie die Luft wohl schmeckt? All das geht verloren, die Nähe ihrer Haut ersetzt allein durch den Klang ihrer Stimme.

„Ja?"

„Hi, ich bin's."

„Ich habe auf deinen Anruf gewartet."

Auf alles bin ich vorbereitet, nur nicht auf den Stromstoß in meinem Unterleib.

„Spiel, Laura, ich will es endlich hören."

Das neue Saxophon. Ich habe ganz vergessen, dass sie es noch nie gehört hat. Erinnerungen an den letzten Morgen in Stockholm, wie so oft in den vergangenen Wochen. Doch diesmal ist sie real, Roberta hört mir zu, nicht nur in Gedanken, sie wartet. Und endlich spüre ich wieder die Nähe zwischen uns, die ich so sehr vermisst habe.

„Bist du okay?" flüstere ich, als ich wieder Atem dafür habe, eine endlose Weile und ein ganzes Lied später, das ich komponiert habe, gerade erst vor ein paar Tagen. Niemand hat es gehört bis jetzt, außer ihr und mir.

„Ja", antwortet sie leise. „Mehr als das."

Der Weg zurück durchs Treppenhaus und in die Küche bereits im Dämmerlicht. Es ist still geworden im Haus, niemand ist zu sehen. Langsam gehe ich in den Garten, und da sehe ich sie: meine Mutter. Die Dunkelheit verschluckt ihre Konturen beinahe, dennoch erkenne ich, dass sie das Gesicht in die Hände gelegt hat, ihr Rücken zuckt. Bestürzt gehe ich zu ihr. Vorsichtig lege ich ihr meine Hand auf die Schulter. Eine Berührung, die ich seit Monaten wollte und trotzdem nie ausgeführt habe.

„Mama?"

Die Panik in meiner Stimme schreckt sie auf. Erst als sie sich umdreht, begreife ich, dass sie lacht. Unsicher starre ich sie an, bis auch ich irgendwann zu grinsen anfange. Gemeinsames Lachen, zum ersten Mal seit langem.

„Hör auf, ich kann nicht mehr", seufzt sie schließlich und zieht mich auf den Stuhl gegenüber.

„Willst du etwas trinken?"

Ohne meine Antwort abzuwarten, geht sie hinein und kommt mit Wein und zwei Gläsern wieder. Geschickt entkorkt sie die Flasche.

„Wahrscheinlich keine gute Idee, ich habe seit heute Mittag nichts mehr gegessen", murmelt sie und betrachtet mich versonnen, „aber weißt du was? Ich finde, es passt zu dem heutigen Tag! Ziemlich verrückt bis jetzt, nicht wahr?"

„Ja", seufze ich und spüre zum ersten Mal seit langer, langer Zeit wieder so etwas wie Nähe ihr gegenüber.

„Wo ist Papa?"

Sie lauscht meiner Stimme eine Weile nach, ehe sie antwortet.

„Er hat gesagt, er geht in die Kneipe an der Ecke. Keine Ahnung, ob er seine Drohung wirklich wahr gemacht hat."

Sie lächelt jetzt. Und ich kann es nicht fassen, denn ich kann mich nicht erinnern, dass mein Vater jemals eine Kneipe von innen gesehen hat. Andererseits – ich konnte es auch wochenlang nicht glauben, dass er vor meiner Mutter bereits mit einer anderen Frau ein Kind gezeugt hat.

„Habt ihr euch tatsächlich gestritten?"

„Ja. Zum ersten Mal, seitdem du auf der Welt bist."

„Wegen mir?"

„Ja und nein. Du warst eigentlich nur der Anstoß, Laura. Ich habe ihm gesagt, dass mir der blöde Pavillon von Anfang an gestunken hat und dass ich viel lieber mit ihm nach Spanien geflogen wäre. Ich schätze, das hat ihn ziemlich aus der Bahn geworfen."

Ich kann nicht verhindern, dass sich das Grinsen jetzt auch auf mein Gesicht stiehlt. Ich sehe schnell hinauf zu den Sternen über uns, dennoch sieht sie es und greift nach meiner Hand.

„Und wo ich gerade dabei war, habe ich ihm auch noch einiges andere gesagt, Laura. Dass ich es gut finde, dass du deinen eigenen Weg gehst, zum Beispiel."

„*Das* hast du gesagt?"

Mit einem Schlag bin ich hellwach, ist der Wein, der mich benommen gemacht hat, vergessen.

„Ich hatte seit meiner Rückkehr nicht das Gefühl, dass du dich besonders für das interessierst, was in Schweden passiert ist."

Plötzlich Ehrlichkeit zwischen uns, eine Erleichterung nach all den Monaten.

„Das stimmt nicht, auch wenn du es vielleicht so empfunden hast, Laura. Ich wollte dich nicht mit meinen Fragen nerven, weil ich gehofft habe, dass du von selber zu mir kommst und es mir erzählst. Das hast du dann ja auch. Auch wenn es eine Weile gedauert hat."

„Hast du es geahnt?"

Meine Mutter schüttelt den Kopf.

„Dass sich etwas verändert hat an dir: ja. Aber was es genau war, das konnte ich nicht herausfinden."

„Meinst du, er wird sich an den Gedanken gewöhnen, irgendwann?"

„Ach, Laura, er hat sich an den Gedanken gewöhnen müssen, dass du einen festen Freund hast und kein kleines Mädchen mehr bist! Da wird er es auch diesmal schaffen, meinst du nicht auch?"

Mein Vater erscheint mir plötzlich in einem anderen Licht, wichtig, auf seine Weise.

„Und wenn nicht?"

„Dann ist das sein Problem, nicht deines", sagt sie, plötzlich ernst geworden.

Später dann, als es vollständig dunkel geworden ist, ihre Frage: „Was ist eigentlich mit Kay? Wie hat er die Neuigkeit aufgenommen?"

Diesmal kann ich den Gedanken an ihn nicht wegschieben, mich nicht herausreden. Konfrontation mit meinen Schuldgefühlen. Weil ich nicht eher mit ihm Schluss gemacht habe, nur deswegen.

„Er hasst mich."

Meine Stimme verrät mich. Er ist ein Teil meines bisherigen Lebens, und selbst wenn ich an dieses „Lass-uns-

Freunde-bleiben" nie geglaubt habe, belastet mich sein Schweigen.

„Er hasst dich nicht, Laura. Und wenn, wird er sehr bald damit aufhören und sich wichtigeren Dingen in seinem Leben zuwenden."

Ich glaube ihr. Auch sie wirkt anders seit vorhin, gelöster. Ein kurzes Bedauern, dass wir nicht eher miteinander solche Gespräche geführt haben.

Der Wein geht zu Ende, meine Mutter gähnt.

„Ich werde zu ihr fahren im Dezember", sage ich mitten in das Dunkel hinein, „sie ist für ein paar Tage auf Urlaub in Stockholm. Meinst du, das geht in Ordnung?"

Ich höre, dass sie erneut lächelt, obwohl ich sie kaum mehr erkennen kann.

„Ja. Ja, ich denke schon, dass das in Ordnung wäre für mich."

Sie erhebt sich. Es scheint ihr tatsächlich gut zu gehen mit dem, was ich ihr gesagt habe.

„Ich denke, ich muss jetzt ins Bett. Bis morgen?"

„Ja."

Ich bleibe noch eine Weile allein zurück, beobachte den Mond, der plötzlich zwischen den Wolken erscheint. Das letzte Glas hat mich endgültig eingelullt, doch ich genieße es. Erst als ich beinahe eindämmere, flüchte auch ich die Treppe hinauf, in mein Bett mit der roten Bettwäsche. Erdbeerrot. Kein Wecker für den nächsten Morgen – es ist Samstag.

20

Der November kommt, grau, kalt und nass, das vor allem. Das Fahrrad wandert zurück in den Keller, stattdessen liegt im Bus das Notenheft auf meinen Knien, jeden Tag. Für die Schule lerne ich nur das Notwendigste. Fluchtgedanken in meinem Kopf, immer öfter.

Weg, ans Meer, das wäre es jetzt, auch wenn die Temperaturen in Schweden mittlerweile ebenfalls empfindlich kühl geworden sind!

Jedes Buch in der Bücherei über dieses Land habe ich mindestens zweimal gelesen. Die Informationen, die von den ersten Konservatorien und Musikhochschulen eingetroffen sind, stapeln sich unbeachtet auf einer Ecke meines Schreibtisches. Noch ist es nichts weiter als eine Idee.

Meine Eltern scheinen sich plötzlich wieder selber genug, seit dem Streit vor einigen Wochen entdecke ich eine neue Zärtlichkeit in ihren Blicken. Sie haben begonnen, zusammen auszugehen, Freunde einzuladen. Wenn wir uns in der Küche begegnen, meine Mutter und ich, Augenkontakt, und ich halte der graugrünen Intensität stand. Mein Vater singt draußen im Garten, während er die Grube für den Pavillon zuschaufelt, laut und falsch.

Meine Entscheidung, nach Stockholm zu fahren, um Roberta zu treffen, hat mich ruhiger gemacht und meine Sehnsucht leiser, wenn auch nicht unüberhörbar. Ich arbeite, lerne und übe, manchmal telefoniere ich mit ihr, doch jedes Mal versinken wir in ein verlegenes Schweigen.

„Nur noch vier Wochen."

„Ich weiß", sage ich. Mehr nicht. Keine Verzweiflung heute, die leise Vorfreude ist mir genug. Heute noch keine Höhenflüge für mein Herz, und vielleicht auch morgen noch nicht.

Ich sehe sie vor mir, wie sie am Telefon steht, sich das schwarze Haar aus der Stirn streicht, unruhig mit den Stiefeln scharrt und lächelt.

„Freust du dich?"

„Ja."

Meine Energie ist danach umso größer. Ich hole mein altes Rad noch einmal hervor und fahre die ganze Strecke zu meiner Musiklehrerin, trotz des Sturms. Die Kälte stört mich heute nicht, obwohl sie bis auf die Haut geht. Robertas Stimme wärmt mich von innen.

Nur noch vier Wochen.

Und dann? Ein Zug, der mich nach Norden bringt, unaufhaltsam. Dieselbe Stadt wie im Sommer, nur das Licht, das wird anders sein, daran werde ich mich gewöhnen müssen, dass die Dämmerung das beinahe schmerzhaft klare Sonnenlicht geschluckt hat. Ich denke an den Tag, als ich zum ersten Mal in Stockholm ankam, an meine Trauer, dass ich diesen Bahnhof vielleicht nie bei Schnee erleben würde.

Bevor ich mich Anfang Dezember auf den Weg mache, inoffiziell, mit einem Attest meines Hausarztes für die Schule in der Post, „eine Woche krankgeschrieben wegen Magen-Darm-Grippe", trinke ich Tee mit Hannah in der alten Villa am Stadtrand und erzähle ihr von Stockholm.

„Ich würde gerne mitkommen", sagt sie mit einem sehnsüchtigen Ausdruck im Blick, „ich war noch nie weiter nördlich als bis Amrum." Ein leichtes Schmunzeln, dennoch spüre ich, dass sie es ernst meint. Ob ich sie einweihe in meinen Plan? Als Erste?

„Ich würde gerne für ein ganzes Jahr nach Schweden gehen, zwischen dem Abi und der Aufnahmeprüfung", höre ich mich sagen und begreife erst in diesem Moment, wie ernst es mir damit ist.

Hannah sieht in die Kerzen, die mittlerweile beinahe heruntergebrannt sind. Als ich mich spät in der Nacht verabschiede, steht sie in der Tür und lächelt hinter mir her.

Ich werde sie einladen, so viel ist sicher.

Der Nachtzug Richtung Malmö wartet auf mich in Hamburg, von dort werde ich einen Anschlusszug nach Stockholm nehmen. Wenn alles gut geht.

Doch schon im Regionalexpress in die Hansestadt macht mir mein Herz wieder einen Strich durch die Rechnung. Sobald die letzten vertrauten Häuser hinter mir verschwinden, beginnt es zu rasen. Ich starre aus dem Fenster, auf das Grau-Braun der vorüberfliegenden Wiesen, ignoriere den neugierigen Blick des jungen Mannes, der mir gegenübersitzt, bis er es aufgibt und sich hinter seiner Zeitung verschanzt.

Fast bin ich erleichtert, als ich endlich in den Nachtzug umsteige. Ich habe eine der schmalen Klappliegen reserviert und drehe mich mit dem Gesicht zur Wand, schließe die Stimmen der anderen jungen Leute in dem Abteil mit den Kopfhörern meines Walkmans aus. Saxophonmusik, Blues. Abtauchen, die Welt ausschließen, mit geschlossenen Augen träumen. Endlich, nach Stunden der Schlaf, aus dem ich wieder hochschrecke, als wir an der Fähre sind. Ich bleibe oben an Deck, solange ich den eiskalten Wind ertragen kann, starre in die Dunkelheit und versuche das mulmige Gefühl in meinem Magen zu besänftigen, erfolglos.

Erst als ich umgestiegen bin und Malmö hinter mir gelassen habe, erst als ich im Speisewagen einen starken, schwarzen Kaffee erstehe und mich nur noch Minuten von Stockholm trennen, verfliegt es. Und dann bin ich endlich da, allein. Robertas Schiff kommt erst in ein paar Stunden. Was fange ich an mit mir, übermüdet wie ich bin, und dem Tag?

Ich schließe mein Gepäck ein und wandere ziellos durch die Stadt. Der spröde Charme der Backsteinbauten fängt mich augenblicklich wieder ein. Eis auf dem Wasser, Schnee in den Straßen. Die Temperatur ist mittlerweile auf null Grad gefallen, die Kälte dringt mit Nadelspitzen bis auf die Haut, bereits um halb vier wird es dunkel.

Die alte Laura würde sich verkriechen, ich dagegen schlage den Mantelkragen hoch und mache mich auf, Markus zu suchen. Den Weg zu dem Café finde ich mühelos, doch in derselben Sekunde, in der ich den überfüllten Raum betrete, sehe ich, dass er nicht dort ist. Fremde Gesichter hinter der Theke, ein Kellner mit Hornbrille und *Greenpeace*-T-Shirt mustert mich neugierig.

„Wo ist Markus?"

„Markus? Der arbeitet schon lange nicht mehr hier. Er ist nach Deutschland zurückgegangen."

Er beugt sich zu mir herüber und senkt die Stimme.

„Seine Freundin ist schwanger."

Er grinst in sich hinein und stellt mit einer angedeuteten Verbeugung einen frischen Milchkaffee vor mich hin.

„Der geht auf mich."

Die Zeit ist auch hier nicht stehen geblieben. Es fällt mir schwer, mir Markus als Vater vorzustellen. Andererseits …

„Hast du vielleicht seine Adresse?"

„Nein, tut mir Leid. Kanntet ihr euch näher?"

„Nein. Nein, eigentlich nicht."

Plötzlich habe ich es eilig, nach draußen zu kommen. Hastig stürze ich den heißen Kaffee hinunter. Bedauernd schaut der Kellner mir nach.

„He, komm doch mal wieder vorbei!"

„Vielleicht", sage ich und weiß im selben Moment, dass ich es nicht tun werde.

„Wie heißt du eigentlich?" ruft er mir noch hinterher, als ich schon beinahe am Ausgang bin. Ich drehe mich um und mustere ihn nachdenklich.

„Lauralyn."

Ich frage ihn nicht nach seinem Namen, auch wenn er es vielleicht erwartet. Die Verbindung zwischen mir und diesem Ort ist gekappt, seitdem ich weiß, dass Markus fort ist.

„Ein seltsamer Name!"

„Ich weiß", sage ich und gehe.

Achtzehn Uhr, die Wartehalle hat sich merklich geleert. Fünf Schiffe sind angekommen, und drei haben abgelegt, währenddessen halte ich mich noch immer an meinem Kaffeebecher fest.

Nur noch wenige Monate, dann habe ich mein Abi in der Tasche, dann bin ich wirklich frei.

Ein Schiff nähert sich, schon von weitem kann ich die Aufschrift auf dem blendend weißen Bug lesen. Es ist ihr Schiff, genauso, wie der See damals ihr See war. Sie braucht nur fest genug daran zu glauben.

„*Hej*", lacht sie mit geröteten Wangen, als sie mich sieht, und nimmt mich in die Arme. Fest, ganz fest, bis meine Knie aufhören zu zittern. Gut sieht sie aus, beinahe noch schmaler als sonst, aber mit diesem neuen Blitzen in den Augen.

„Ist das schön, dich wiederzusehen."

„Ich habe auf dich gewartet", sage ich.

Ihre Lippen auf meinen, kalt und salzig. Unsagbar weich.

„Jetzt nicht mehr", sagen sie zu meinem Mund, dann löst sie sich von mir und sieht mich ernst an.

„Jetzt nicht mehr."

21

Wir holen mein Gepäck und fahren mit der *Tunnelbana* zu ihrer Wohnung. Robertas Mutter ist nicht zu Hause, sie ist für drei Tage zu einem Ärztekongress in Kopenhagen gefahren. Geht sie dem unvermeidlichen Streit aus dem Weg, oder stand der Termin schon fest, bevor Roberta von ihrem Urlaub gewusst hat? Ich frage sie nicht. Ich bin froh um die Zeit, die wir für uns allein haben. Wieder nur ein paar gestohlene Tage, wieder ein Abschied, der bevorsteht.

Ob das jetzt immer so weitergeht? Ein Wermutstropfen in der Wiedersehensfreude, den ich schnell beiseite schiebe, zu kostbar sind die Stunden.

Sobald wir im Flur stehen, telefoniert Roberta, lautstark. Ich verstehe kein Wort, doch ich sehe, wie zornig sie ist, wie sie kämpft, um nicht loszuheulen. Verunsichert bleibe ich stehen zwischen Korridor und Küche und weiß nicht, wohin mit mir. Keine Ahnung, ob sie meine tröstenden Hände in diesem Augenblick auf ihrem Rücken will.

Sie lehnt ihre Stirn gegen die Wand, mit geschlossenen Augen. Meine Sensoren signalisieren Gefahr.

Endlich legt sie auf, doch sie rührt sich nicht vom Fleck. Zögernd gehe ich in die Küche, mache Tee, warte, bis sie mir folgt. Ich bin froh, dass ich mich an dem Becher in meinen

Händen festhalten kann, als sie zu sprechen beginnt. Ihre Stimme zittert ganz leicht.

„Lisa ist tot."

Nur diesen einen Satz sagt sie, dabei sieht sie durch mich hindurch, als wäre ich gar nicht existent. Dann dreht sie sich um, nimmt ihre Jacke von der Garderobe und geht hinunter auf die Straße, schneller und schneller werdend, beinahe rennt sie, ohne sich um die anderen Passanten zu scheren. Als ich sie endlich einhole, ist mir eiskalt, denn ich habe es nicht mehr geschafft, mir meinen Mantel zu holen, aus lauter Angst, sie aus den Augen zu verlieren. Ihr Gesicht ist nass vor Tränen. Zornig wischt sie sie weg, damit ich sie nicht sehe, doch dafür ist es zu spät, und das macht sie noch wütender.

„Was ist mit ihr passiert?" frage ich dennoch, leise. Weil ich das Gefühl habe, dass es mich etwas angeht, trotz allem.

„Der Stoff, den sie gekauft hat, war nicht sauber, verdammt!"

Roberta ballt die Hände zu Fäusten und schlägt sie gegen die nächstbeste Straßenlaterne, und ich kann nichts anderes tun, als sie zu lassen, bis ihr Schmerz erträglicher wird.

„Es tut mir Leid", sage ich.

„Ja, mir auch."

Zynisch ist der Klang ihrer Stimme jetzt, kalt und beängstigend, und ich bekomme eine Ahnung davon, wie sie in der Vergangenheit gewesen sein muss, lange bevor sie Stockholm verlassen hat, um am Siljansee zu leben.

„Du kannst nichts dafür, Roberta!"

„Ich weiß", fährt sie mich an, dann, leiser, wiederholt sie es: „Ich weiß."

Zum ersten Mal, seitdem sie den Hörer in die Hand genommen hat, sieht sie mir in die Augen und legt vorsichtig einen Finger unter mein Kinn.

„Sie hätte es irgendwann auch so geschafft, selbst wenn ich bei ihr geblieben wäre. Sie hat es immer gewusst, genau wie ich, sie konnte trotzdem nicht damit aufhören. Lisa war süchtig nach diesem Rausch, sie hat sich nur noch lebendig gefühlt, wenn sie das Zeug genommen hat, ohne konnte sie sich nicht mehr spüren."

Bei dem Wort „lebendig" lacht sie, bitter und hart. Die Eifersucht in mir ist verstummt. Ich lege meine Arme um sie, für einen Moment wehrt sie sich, dann lässt sie es geschehen, legt ihren Kopf müde auf meine Schulter.

Nur langsam kehren die Geräusche des Verkehrs zurück, der zäh an uns vorüberfließt. Robertas schmale Hüften drücken sich gegen meine. Ich spüre, wie sie zittert, nehme zum ersten Mal wieder den leicht herben Geruch ihrer Haut wahr.

„Komm", sagt sie und greift nach meiner Hand, „lass uns zurückgehen, es ist lausig kalt hier draußen!"

Ich erwache mitten in der Nacht, ohne dass ich sagen könnte, warum. Es ist so still, nur durch das geöffnete Fenster dringen gedämpft die Geräusche der Straße hinauf in den dritten Stock. Etwas fehlt. Robertas warmer Körper ist nicht an meiner Seite, ihre ruhigen Atemzüge sind fort.

Ruckartig schnelle ich hoch, mein Herzschlag verdoppelt sich, bis es beinahe schmerzt. Gleichzeitig habe ich das Gefühl, nicht genug Luft zu bekommen.

Nein.

Zu mehr sind meine Gedanken nicht fähig

Dann gewöhnen sich meine Augen langsam an die Dunkelheit. Auf dem Fensterbrett ein Schatten gegen die Silhouette der Stadt, ihr Schatten. Sie sitzt und raucht, schaut hinauf zu den Sternen und überall hin, nur nicht zu mir, und ich spüre, wie es mich mit Gewalt zurück in die Kissen drückt, so groß ist die Erleichterung, dass sie nicht gegangen ist.

Nur ein paar Meter trennen uns, nur ein paar Meter, die meinen nackten Fußsohlen endlos vorkommen. Als ich so nah bei ihr bin, dass ich die Hand ausstrecken und sie berühren könnte, bleibe ich stehen und halte inne.

Sie dreht ihren Kopf und sieht mich blinzelnd an.

„Du bist wach?"

Sie flüstert, obwohl uns niemand hören kann.

„Ja. Ich habe gespürt, dass du nicht mehr da bist."

Sie lächelt traurig.

„Aber ich bin doch noch da, Lauralyn."

„Noch?"

Diesmal kämpft sie nicht, diesmal nimmt sie mich in den Arm und lehnt ihre Wange gegen meine Schulter.

„Ich will das nicht mehr!"

„Was?"

Ich halte den Atem an, doch sie meint nicht mich mit ihrer vagen Geste, sondern diese Wohnung, in der sie alles an ihren Vater erinnert, die Blicke ihrer Mutter, die Leute, die sie einmal kannte. Sie hat genug von ihrer Vergangenheit.

„Was willst du dann?"

Der Wahrheit ins Gesicht gesehen, jetzt, bevor es zu spät ist.

Roberta zuckt mit den Schultern und starrt auf die Lichter der Stadt hinunter. Keine Berührung. Ihre Füße Meter über dem Asphalt, doch sie sieht die Straße unter sich nicht, sie sieht nur ihre Erinnerungen.

Ich lasse mich ihr gegenüber auf die Fensterbank gleiten, betrachte ihr Profil, lausche auf meinen Herzschlag, lauter, als er sein dürfte. Ich bin gefangen zwischen dem Drinnen und dem Draußen, Robertas Welt und meiner eigenen.

Sie zündet sich eine zweite Zigarette an und bläst den Rauch hinauf zum Himmel. Ihr Haar schwärzer noch als sonst, ihr Körper so schmal, dass es wehtut.

Schließlich, nach einer endlosen Weile, hebt sie die Hand und deutet hinauf zu den Sternen.

„Siehst du das? Das will ich. Und das Meer. Mein Studium, natürlich. Und dich, Laura, wie verrückt."

Mein Kopf lehnt schwer gegen das Holz des Fensterrahmens. Meine Angst ist fort, einfach so, hat sich aufgelöst im Dunkel der Nacht. Sie wird vielleicht wiederkommen, irgendwann, wenn Roberta nicht bei mir ist. Doch sie wird auch wieder gehen.

Sie wendet mir ihr Gesicht zu und lächelt.

„Meinst du, wir kriegen das hin?"

„Ja", antworte ich, mehr nicht, und fahre in Gedanken mit dem Zeigefinger die Konturen ihrer Wange nach.

Weil ich das Gefühl habe, dass du endlich mich meinst. Nicht irgendein Bild von mir.

Sie beugt sich vor und küsst mich auf den Mund, und ich spüre ihre weichen Lippen auf meinen, denke dabei an die Nacht, in der wir uns zum ersten Mal begegnet sind, damals, am See. Daran, dass ich nicht wusste, ob ihre Augen wirklich blau waren oder das Licht der Nacht mir nur einen Streich spielte. An die Sehnsucht der vergangenen Monate, die mich auch weiterhin begleiten wird. Ich denke an das Saxophon, das zu Hause wartet, vielleicht nach der Schule noch eine ganze Weile auf die Aufnahmeprüfung wird warten müssen. Ein paar Monate, ein Jahr … Ich habe Zeit. Ich bin achtzehn Jahre alt. Sicher ist nur eines: Die Musik ist ein untrennbarer Teil von mir.

Und dann lasse ich das Denken sein und schließe die Augen. Als ich sie wieder öffne, sehe ich nur noch Roberta, nur noch sie. Blau, ihre Augen, tiefdunkel, ernst, für mich. Ihr Lächeln ist verschwunden, als sie mich küsst, und ich überlasse mich dem raschen Herzschlag in meiner Brust. Das Morgen muss wieder mal draußen bleiben, nur sie und ich jetzt. In mir ein Glücksgefühl, das mich beinahe zum Platzen bringt.

22

Vier frostklare Tage und Nächte in Stockholm, in denen die Zeit nur so zu fliegen scheint, gehören uns. Die Kälte draußen dient uns als willkommene Entschuldigung, das Haus bis zum nächsten Nachmittag nicht zu verlassen. Die Stadt kann warten, nur die Ostsee, die lockt mich mit ihrem bleiernen, nur von Eisschollen durchbrochenen Grau, Kontrastprogramm zum vergangenen Sommer.

„Was wünschst du dir fürs neue Jahr, Laura?"

„So weit denke ich noch nicht", antworte ich und beobachte die Möwen, die mit klagenden Schreien über das Wasser segeln. Es stimmt: Ich lebe zurzeit nur für den Augenblick. Es gibt kein Schiff, das auf sie wartet, zumindest heute noch nicht!

„Und du? Was wird diesmal dein Neujahrswunsch?"

„Das verrate ich dir erst, wenn er sich erfüllt hat", lächelt sie.

Ein Studienplatz, Meeresbiologie. Ein Job, eine eigene Wohnung. Mich an ihrer Seite, im nächsten Jahr? Die ersten drei Wünsche, die stimmen auf jeden Fall, das hat sie mir längst verraten.

Ich schicke eine Postkarte an Hannah nach Deutschland, eine Fotografie von Stockholm im hellen Sonnenschein. Der

Sommer … Fast habe ich schon vergessen, wie er war. Zwei Sätze, mit blauem Kugelschreiber, das muss heute reichen:

Meine Einladung für nächstes Jahr steht noch.

Wenn du willst …

Nein, mehr Text bekommt die Karte nicht mit auf den Weg, Hannah wird sie auch so verstehen.

Ein Abstecher in den *Kungströdgarden*, endlich, als der zweite Tag sich schon dem Ende zuneigt. Wir beobachten die Schlittschuhläufer auf der Eisbahn, bis wir uns in ein Café flüchten und die klammen Hände an Bechern mit heißem Kakao wärmen. Robertas Wangen sind gerötet von der Luft draußen, ihre Augen leuchten, ihr Haar ist zerzaust von der Wollmütze, die jetzt neben ihr auf dem Tisch liegt. Ein schmerzhaftes Ziehen im Unterleib, als ich sie ansehe. Für eine Sekunde ist wieder die alte Sehnsucht da, obwohl sie mir gegenübersitzt. Obwohl ich nur die Hand auszustrecken bräuchte, um sie zu berühren.

„Was ist, Laura?"

„Nichts."

Nein: alles.

Später unternehmen wir den unvermeidlichen Gang zum Weihnachtsmarkt, obwohl ich die Touristenmassen, die sich langsam durch die engen Gänge schieben, hasse. Der Geruch von Glühwein, Würstchen, gebrannten Mandeln hängt in der Luft. Dennoch will bei mir keine feierliche Stimmung aufkommen, trotz der vielen Lichter. Weihnachten bin ich längst wieder zu Hause, wird Roberta auf See sein.

Ein dumpfes Gefühl in der Magengrube, die bunten Stände drehen sich vor meinen Augen. Die Trauer geht zusammen mit dem Schlafmangel und den ausgelassenen Mahlzeiten eine gefährliche Verbindung ein. Roberta legt mir die Hand auf den Arm, eine der wenigen, flüchtigen Gesten zwischen uns in der Öffentlichkeit.

„Wirklich alles okay?"

Ich weiß selber nicht, was mit mir los ist. Verfrühter Abschiedsschmerz? Ich sehne mich zurück in ihr Zimmer, in die Zweisamkeit.

Am Abend, endlich, erreichen wir die rettende Wohnung. Zünden Kerzen in der Küche an, die die Finsternis nicht aus den Ecken vertreiben. In mir die gleiche Schwärze, passend. Roberta raucht ihre selbstgedrehten Zigaretten, und ich halte mit, obwohl mir die Übelkeit nach einer Weile die Kehle zuschnürt. Dunkelroter Wein. Abgleiten ins Vergessen, genau das, was ich jetzt brauche.

Irgendwann nach Mitternacht bremse ich den freien Fall. Wenig später die geblümte Bettwäsche, doch sobald ich die Augen schließe, bin ich hellwach, als hätte ich Kaffee statt Rioja getrunken. Roberta schläft, und ich fühle mich einsamer denn je. Ich will nicht heulen, doch ich kann die Tränen nicht aufhalten, drücke das Gesicht in das Kissen, um sie nicht zu wecken.

Natürlich hört sie mich doch.

Ihre Hand auf meinem Rücken, sanft. Sie fragt nicht noch einmal. Dabei hätte ich ihr vielleicht eine Antwort gegeben, jetzt, wo ich ihr Gesicht nicht erkennen kann.

Sie streichelt über meine Schulter, durch mein Haar. Ich drehe mich um und schlinge die Arme um sie, presse mein Gesicht an ihren Hals, überlasse mich ihren Händen, die über meinen Rücken gleiten, meine verspannten Muskeln massieren. Bis ich einschlafe, endlich.

23

Diesmal ist es Roberta, die mich mit Kaffee weckt.

„Aufstehen, Laura, es ist schon spät!"

Zögernd begebe ich mich unter die Dusche, das Wissen, dass es unser vorletzter gemeinsamer Tag ist, lässt sich auch durch kaltes Wasser nicht wegwaschen.

Sie ist gut gelaunt, ich merke es an ihren federnden Schritten, mit denen sie mich zur *Tunnelbana* lenkt.

„Wohin fahren wir?"

„Nach *Frescati*, dem Universitätsbezirk nördlich der Stadt. Ich will dir zeigen, wo ich ab nächsten August studieren werde."

Schweigend folge ich ihr die Stufen hinauf auf den riesigen, modernen Campus. Eintauchen in die Menge der geschäftig zwischen Bibliotheken und Fakultäten pendelnden jungen Leute. Wie viele es wohl sein mögen? Im Vorübergehen erhasche ich eine Broschüre für Austauschstudenten und überfliege sie im Gehen: fünfunddreißigtausend, mindestens, aufgeteilt auf fünfundvierzig Studiengänge. Der absolute Wahnsinn!

Roberta wird ein Teil von ihnen sein, schon nächsten Sommer. Vorfreude spiegelt sich auf ihrem Gesicht, als sie mir das meereskundliche Forschungszentrum zeigt, Freude auf eine Zukunft, in der ich bis jetzt nicht vorgesehen bin.

Sei nicht albern, Laura, ermahne ich mich. Hast du sie jemals gefragt, ob sie damit einverstanden ist, wenn du aufs Konservatorium gehst? Genug Raum in dieser Stadt für mehr als einen Traum.

„Im Sommer können wir hier draußen auf der Wiese sitzen und gemeinsam lernen, was denkst du?"

Sie hat „wir" gesagt. Zum ersten Mal ein „wir", das über unsere kurzen Treffen hinausgeht.

Dann ist der Abschiedsmorgen da, zum zweiten Mal bereits für uns. Es schneit draußen, winzige, weiße Flocken. Ich beobachte sie, höre Robertas Atem tief und ruhig neben mir, sie schläft, noch immer, der Wecker lässt uns noch beinahe eine Stunde Zeit.

Vielleicht, wenn Wünsche wahr werden ... Im Sommer die Rückkehr, mit dem Zeugnis in der Tasche, das mir die Freiheit schenken wird. Ich habe Glück, Musik ist international, braucht keine Sprache.

Roberta seufzt und bewegt sich, dann hebt sie den Kopf und sieht mich an. Das Grau des Himmels spiegelt sich in ihren Augen, dennoch entdecke ich dahinter dieses wahnsinnige Blau. Ich werde es nicht vergessen in den nächsten Monaten. Vielleicht nie mehr.

Sie berührt sanft mein Kinn. Küsst meine Mundwinkel. Sieht mich an, bis ich die Nähe kaum noch ertragen kann.

Das Meer, ihre Sehnsucht danach, ich kann sie deutlich spüren. Das Schiff wartet auf sie, und sie wird es meinetwegen nicht verpassen. Sicher ist nur eines: Sie wird zurückkehren.

Keine Tränen diesmal, als ich am Hafen stehe.

In ein paar Monaten ist ihr Praktikum vorbei, in ein paar Monaten habe auch ich mein Abi. Unsere Stadt ... Nächstes Jahr hält mich nichts mehr zu Hause.

„Mach's gut."

Ihre Umarmung ist fest, und ich lasse mich fallen, lasse es zu, dass sie mich hält. Heute ist alles erlaubt.

Ich habe keine Angst mehr vor den kommenden Monaten, meine Erinnerung an die Tage hier wird mich wieder eine ganze Weile wärmen. Keine geplante Flucht in die Musik diesmal, sondern nur Vorfreude, wenn ich an mein Saxophon zu Hause denke. In mir ein neues Gefühl tiefer Zufriedenheit. Ich weiß, wohin ich gehen will. Keine Ahnung, wie das Ziel am Ende des Weges aussieht, aber das ist auch nicht wichtig. Wichtig ist allein, dass ich seinen Anfang endlich klar vor mir sehe.

„Ich werde dich vermissen."

Ihre Augen dunkel, sturmblau.

Dieses Bild nehme ich mit mir, als ich später im Zug sitze. Ihre schmale Gestalt in der viel zu weiten Kapuzenjacke, ihr vom Wind zerzaustes Haar. Sie sieht glücklich aus, wie sie dasteht und winkt, mit geröteten Wangen.

„Mach's gut."

Sie hört mich nicht mehr.

Gedanken, während draußen eine winterfahle Landschaft vorüberzieht. Ich spüre noch immer ihre Umarmung, ihre Hände auf meinem Rücken, stark und tröstlich. Sie ist bei mir. Wenn ich die Augen schließe, sehe ich jede Einzelheit ihres Gesichtes vor mir.

Und den Rest überlasse ich dem Morgen.